오즈의 마법사 1

오즈의 위대한 마법사

오즈의 마법사 1

오즈의 위대한 마법사

The Wonderful Wizard of OZ

라이먼 프랭크 바움 지음 | 윌리엄 월리스 덴슬로우 그림 | 손인혜 옮김

더클래식

작가의 말

옛날이야기나 전설, 신화와 동화는 어린 시절 내내 우리와 함께한다. 아이들은 본능적으로 환상적이고 신기하고, 비현실적인 이야기에 호기심을 갖는다. 그림 동화에 나오는 날개 달린 요정과 안데르센의 이야기는 인간이 만든 다른 어떤 것보다 아이들을 행복하게 한다.

대를 이어 전해 내려온 오래된 동화들은 이제 어린이 도서관의 역사 칸에나 꽂혀 있을지도 모르겠다. 지금은 작가가 무서운 교훈을 주려고 생각해 낸 오싹한 이야기와 정형화된 요정이나 난쟁이가 사라진 새로운 '놀라운 이야기'를 할 때이다.

도덕성에 기반한 현대교육 때문인지, 요즘 아이들은 오직 자극적인 이야기에서만 즐거움을 찾고, 그다지 유쾌하지 않은 사건도 화젯거리로 삼는다.

이러한 생각을 염두에 두고 단지 아이들을 즐겁게 해주기 위해《오즈의 위대한 마법사》를 썼다. 가슴 아픈 악몽은 버려두고 놀라움과 즐거움이 가득한 현대 동화가 되길 염원한다.

라이먼 프랭크 바움

1900년 4월 시카고에서

차례

오즈의 위대한 마법사

I
회오리바람

도로시는 캔자스 대초원 한가운데서 농부인 헨리 아저씨와 엠 아줌마와 함께 살았다. 그들의 집은 집을 지을 목재를 수백 킬로미터 떨어진 곳에서 마차로 실어 와야 했기 때문에 아주 작았다. 벽 네 개, 바닥과 지붕 한 개로 이루어진 방 한 칸짜리 집이었다. 방에는 낡은 오븐과 그릇을 놓는 찬장과 식탁, 의자 서너 개와 침대 두 개가 있었다. 헨리 아저씨와 엠 아줌마는 한쪽 구석의 큰 침대에서 자고 도로시는 다른 구석의 작은 침대에서 잤다. 그 집엔 다락도 지하실도 없었다. 단지 '회오리바람 지하실'이라고 부르는 작은 구덩이가 바닥에 있었는데, 지나가는 길에 있는 모든 집을 부숴버릴 만큼 커다란 회오리바람이 일어날 때 가족들이 대피하기 위한 곳이었다. 그 구덩이는 바닥 한가운데 달린 작은 문을 열고 사다리를 타고 내려가면 나타나는 어둡고 좁은 땅굴이었다.

도로시가 집 앞에 서서 주위를 둘러보면 보이는 것은 드넓은 회색 초원뿐이었다. 아무리 주위를 둘러봐도 하늘과 맞닿아 있는 평평한 초원에는 나무 한 그루, 집 한 채도 없었다. 쟁기로 일군 땅은 뜨거운 햇볕에 목말라 쩍쩍 갈라져 있었다. 풀조차 녹색이 아니었다. 태양은 기다란 풀줄기를 태워서 어디에나 있는 똑같은 회색으로 만들었다. 태양은 페인트칠한 집에도 물집을 만들었고 비가 그것을 씻어 내렸다. 이제 집도 다른 것들과 똑같이 음침한 회색이 되었다.

엠 아줌마가 처음 여기에 왔을 때는 젊고 예쁜 새색시였다. 하지만 태양과 바람은 그녀도 바꿔 놓았다. 그녀의 반짝이던 눈은 냉정한 회색이 되었고 발그레한 뺨과 입술도 회색이 되었다.

그녀는 수척해졌고 이젠 절대 웃지 않았다. 고아인 도로시가 처음 이곳에 왔을 때 엠 아줌마는 아이의 웃음소리에 너무 놀랐다. 그녀는 도로시의 명랑한 목소리가 귀에 들릴 때마다 놀라서 비명을 지르며 가슴에 손을 얹었다. 지금도 아줌마는 어떤 것에서도 웃을 거리를 찾아내는 작은 소녀를 놀라운 눈으로 바라보았다.

헨리 아저씨도 절대 웃지 않았다. 그는 아침부터 밤까지 열심히 일만 했고 즐거움이 무엇인지 몰랐다. 아저씨의 기다란 수염과 낡은 부츠까지 역시 회색이었다. 그는 근엄하고 침통해 보였고 거의 말을 하지 않았다.

도로시를 웃게 만들고 주위의 회색빛에서 그녀를 지켜 준 것은 토토였다. 토토는 회색이 아니었다. 토토는 길고 부드러운 털과 명랑하게 반짝이는 작고 까만 눈과 앙증맞은 코를 가진 검은색 강아지였다. 도로시는 하루 종일 토토와 놀았고, 토토를 아주 사랑했다.

하지만 오늘은 토토와 놀지 않았다. 헨리 아저씨가 문간에서서 평소보다 더 회색빛을 띠는 하늘을 걱정스럽게 쳐다보았다. 도로시도 토토를 팔에 안고 문 앞에 서서 하늘을 바라보았다. 엠 아줌마는 설거지를 하고 있었다.

멀리 북쪽에서 바람의 낮은 울음소리가 들려왔다. 헨리 아저씨와 도로시는 태풍이 오기 전처럼 긴 풀들이 고개를 숙이고 흔들리는 것을 보았다. 남쪽 하늘에서도 공기가 휙 하고 지나가는 날카로운 소리가 들려왔다. 그쪽을 바라보니 남쪽 들판에서도 풀들이 물결치고 있었다.

갑자기 헨리 아저씨가 똑바로 섰다.

"회오리바람이 오고 있어, 엠."

그는 아내를 불렀다.

"난 가축을 살펴보고 올게."

그는 소와 말을 가둬 놓은 외양간으로 갔다.

엠 아줌마는 하던 일을 멈추고 문 앞으로 왔다. 한번 슬쩍 내다보고는 위험이 가까이 왔다는 것을 즉시 알아챘다.

"빨리, 도로시!"

엠은 비명을 질렀다.

"지하실로 내려가!"

토토는 도로시의 팔에서 뛰어나와 침대 밑에 숨었다. 도로시는 토토를 잡으러 갔다. 겁에 질린 엠 아줌마는 바닥에 있는 문을 열어 놓은 채로 사다리를 타고 작고 어두운 땅굴로 먼저 내려갔다. 도로시는 토토를 잡아서 아줌마를 따라 내려가려고 했다. 도로시가 방을 반쯤 가로질렀을 때 날카로운 바람 소리가 들리더니 집이 세게 흔들렸다. 도로시는 발을 헛디뎌 바닥에 주저앉고 말았다.

그 순간 이상한 일이 일어났다. 집이 두세 바퀴 돌더니 천천히 공중으로 떠올랐다. 도로시는 풍선을 타고 올라가는 것 같았다.

북쪽의 바람과 남쪽의 바람이 집이 있던 바로 그 장소에서 만나서 회오리바람이 되었다. 보통 회오리바람의 중심은 고요하다. 그러나 사방에서 거센 바람의 압력이 밀려들어 집을 점점 높이, 회오리바람 꼭대기까지 들어 올렸다. 회오리바람에 실린 집은 깃털처럼 멀리 날아갔다.

바람이 무섭게 윙윙대고 아주 어두웠지만 도로시는 편안하게 집을 타고 갔다. 처음에 집이 몇 번 회전하고 한 번 심하게 기울어진 것 말고는 요람을 탄 것처럼 부드럽게 흔들렸다. 하지만 토토는 별로 좋아하지 않았다. 토토는 방을 이리저리 뛰어다니며 크게 짖어 댔다. 반면에 도로시는 가만히 바닥에 앉아서 무슨 일이 일어날지 기다렸다. 한번은 토토가 열려 있는 지하실 문으로 가까이 갔다가 떨어졌다. 처음에 도로시는 토토

를 잃었다고 생각했다. 하지만 토토의 귀가 구멍 위로 솟아 있는 것이 보였다. 공기의 강한 압력 때문에 토토는 떨어지지 않은 것이다. 도로시는 구멍으로 기어가서 토토의 귀를 잡아 다시 방으로 끌어 올렸다. 그러고는 다시는 이런 일이 일어나지 않도록 지하실로 통하는 문을 닫아 버렸다.

시간이 지나자 무서운 마음은 사라졌지만 외로웠고 바람 소리가 너무 시끄러워서 귀가 먹을 것만 같았다. 처음에 도로시는 집이 떨어지면 자신도 죽을까 봐 걱정했다. 그 후로 또 몇 시간이 흘렀지만 어떤 무서운 일도 일어나지 않자 더 이상 걱정하지 말아야겠다고 생각했다. 그리고 평온하게 기다리면서 무슨 일이 일어날지 지켜보기로 했다. 그 후로 도로시는 흔들거리는 바닥을 기어가서 침대에 누웠다. 토토도 따라와서 그녀 옆에 누웠다. 집도 흔들거리고 바람 소리도 거셌지만 도로시는 눈을 감자마자 금방 잠들었다.

2
먼치킨과의 만남

도로시는 쿵 소리에 놀라 깨어났다. 폭신한 침대 위에 있지 않았으면 하마터면 다칠 뻔했다. 도로시는 숨을 멈추고 무슨 일이 일어났는지 보려고 신경을 곤두세웠다. 토토는 차가운 코를 도로시의 얼굴에 박고 끙끙거렸다.

도로시는 집이 더 이상 움직이지 않고 주변이 어둡지도 않다는 것을 깨달았다. 창문에서 밝은 빛이 쏟아져 들어와 작은 방에 넘실댔다. 도로시는 침대에서 일어나 토토와 함께 달려가 문을 열었다.

도로시는 놀라움에 작은 비명을 질렀다. 그 놀라운 광경에 도로시의 눈은 점점 더 커졌다.

회오리바람은 도로시가 타고 있던 집을 아름다운 나라에 가

만히 내려놓았다. 풀밭에 탐스러운 과일을 주렁주렁 매단 나무가 여기저기 서 있었다. 아름다운 꽃들이 겹겹이 피어 있었고, 빛나는 깃털을 가진 희귀한 새들이 나무와 수풀 사이에서 지저귀며 날아다녔다. 조금 떨어진 곳에는 작은 시냇물이 푸른 둔덕 사이로 반짝거리며 졸졸 흘러갔다. 메마르고 황량한 초원에서 살던 소녀에게는 매우 놀라운 광경이었다.

도로시가 낯설고 아름다운 광경을 멍하니 바라보고 있을 때 한 번도 본 적 없는 이상한 사람들이 그녀를 향해 다가왔다. 그들은 도로시가 항상 보아 왔던 어른들과는 달리 아주 작았다. 그렇다고 지나치게 작은 것도 아니었다. 도로시는 또래에 비해 키가 큰 편이었는데 그런 도로시와 키가 비슷했다. 그러나 얼굴은 훨씬 나이 들어 보였다.

그들은 남자 셋, 여자 하나였는데 모두 이상한 옷을 입고 있었다. 그들은 챙이 둥글고 가운데가 뾰족한 모자를 쓰고 있었다. 모자 테두리에 방울이 달려서 움직일 때마다 달랑거리는 소리가 났다. 남자들이 쓴 모자는 파란색이었고, 여자가 쓴 모자는 흰색이었다. 여자는 어깨에서부터 바닥까지 길게 퍼지는 하얀 가운을 입고 있었는데, 그녀의 옷에는 작은 별무늬들이 달려서 햇빛을 받아 다이아몬드처럼 빛났다. 남자들은 모자와 같은 색의 파란 옷을 입고 있었고, 파란색 부츠를 신고 있었다. 도로시는 수염이 난 남자 두 사람을 보고 헨리 아저씨만큼 늙

었다고 생각했다. 하지만 여자는 확실히 더 늙어 보였다. 그녀의 얼굴은 주름으로 가득했고 머리는 하얗게 세었고 걷는 것도 불편해 보였다.

도로시가 문가에 서 있는 동안 그들이 다가왔다. 그들은 더 다가오기 무서운 듯 걸음을 멈추고 서로 속삭였다. 이윽고 작고 늙은 여인이 도로시에게 다가와서 허리를 숙여 인사하고 다정한 목소리로 말했다.

"먼치킨의 나라에 온 것을 환영하네. 고귀한 마법사여, 동쪽의 사악한 마녀를 죽이고 우리를 속박에서 풀어 줘서 고맙다네."

도로시는 이 말을 듣고 놀랐다. 왜 작은 여인이 그녀를 마법사라고 부르고 동쪽의 사악한 마녀를 죽였다고 말하는 걸까? 회오리바람을 타고 온 순진하고 착한 도로시는 살면서 벌레 한 마리 죽여 본 적 없는 어린 소녀였다.

하지만 작은 여인은 분명히 대답을 기다리고 있었다. 그래서 도로시는 망설이며 말했다.

"정말 친절하세요. 그런데 오해가 있는 것 같아요. 저는 아무도 죽이지 않았어요."

"사실 네 집이 그랬지."

작은 여인이 웃으며 말했다.

"마찬가지지 뭐. 봐!"

그 여인은 집의 한쪽 모퉁이를 가리켰다.

"집 아래에 발 두 개가 튀어나와 있잖니."

도로시는 그것을 보고 무서워서 작은 비명을 질렀다. 집 밑에 끝이 뾰족한 은 구두를 신은 두 개의 발이 삐죽 나와 있었다.

"오, 세상에. 세상에!"

도로시가 손을 마주 잡고 탄식하며 외쳤다.

"집이 이 사람 위에 떨어졌나 봐요. 어떻게 하죠?"

"걱정할 것 없어."

작은 여인이 차분하게 말했다.

"그런데 이 사람은 누구죠?"

도로시가 물었다.

"말했듯이 동쪽의 사악한 마녀야."

작은 여인이 대답했다.

“이 마녀는 먼치킨의 나라를 몇 년 동안이나 지배하고 우리를 밤낮으로 노예처럼 부렸지. 고맙게도 네 덕에 이제 모두 자유로워졌단다.”

“먼치킨들이 누구죠?”

도로시가 물었다.

“사악한 마녀가 통치하던 동쪽에 사는 사람들이란다.”

“당신도 먼치킨인가요?”

도로시가 물었다.

“아니, 나는 북쪽에 살고 있지만 그들의 친구야. 동쪽의 마녀가 죽었을 때 먼치킨들은 재빨리 내게 전갈을 보냈고 난 당장에 왔지. 나는 북쪽 마녀란다.”

“오, 세상에! 당신 진짜 마녀인가요?”

도로시가 외쳤다.

“그래. 하지만 난 착한 마녀야. 이곳 사람들은 나를 무척 좋아해. 비록 이곳을 지배하던 사악한 마녀만큼 강력하지 못해서 사람들을 자유롭게 해 줄 수는 없었지만 말이야.”

작은 여인이 대답했다.

“마녀는 다들 사악한 거 아닌가요?”

진짜 마녀를 만나자 조금 겁이 난 도로시가 물었다.

“아니란다. 그건 정말 오해야. 오즈의 나라에는 네 명의 마녀가 살고 있는데, 북쪽과 남쪽에 사는 마녀는 착한 마녀란다. 그건 보장할 수 있어. 그중의 하나가 나니까. 서쪽과 동쪽에 사는 마녀는 정말 사악한 마녀란다. 네가 그중 한명을 죽였으니 이제 오즈의 나라에 사악한 마녀는 서쪽에 사는 마녀 하나만 남았어."

"하지만 엠 아줌마가 말하길 마녀들은 오래전에 다 죽었다고 했어요."

도로시가 잠시 생각한 후에 말했다.

"엠 아줌마가 누구지?"

작고 나이 든 여인이 물었다.

"저와 함께 캔자스에 사는 아줌마예요."

북쪽 마녀는 잠시 생각하는 듯 고개를 숙이고 땅을 보았다가 고개를 들고 말했다.

"캔자스가 어디에 있는 건지 모르겠군. 그런 이름은 처음 들어 봐. 하지만 문명화된 나라겠지?"

"오, 그럼요."

도로시가 대답했다.

"이제 알겠어. 문명화된 나라에는 어떤 마녀나 마법사나 마술사도 남아 있지 않아. 하지만 오즈의 나라는 다른 세계와 차단되어 있어서 문명화된 적이 없단다. 우리들은 아직 마녀와 마법사가 있어."

"마법사는 또 누구예요?"

도로시가 물었다.

"오즈가 바로 위대한 마법사지. 그는 우리들 중 누구보다 막강해. 그는 에메랄드 시에 살아."

마녀가 속삭이듯 목소리를 낮추며 말했다.

도로시는 무언가를 더 물어보려 했지만 조용히 서 있던 먼치킨들이 시끄러운 소리를 내며 사악한 마녀가 누워 있던 집 모퉁이를 가리켰다.

"뭐지?"

작고 늙은 여인이 그곳을 보고 웃기 시작했다. 죽은 마녀의 발이 완전히 사라지고 은 구두만 남아 있었다.

"동쪽 마녀는 너무 늙었던 거야. 그래서 순식간에 햇빛에 말라버린 거지. 마녀가 죽었으니 이제 은 구두는 네 거야. 신어도 돼."

마녀는 신발을 집어 먼지를 털고 도로시에게 건네주었다.

"동쪽 마녀는 이 은 구두를 자랑스러워했지요. 그 구두엔 마법의 힘이 있어요. 하지만 우리는 그것이 무엇인지 알지 못해요."

먼치킨 중에 한 사람이 말했다.

도로시는 그 구두를 집으로 들고 들어가서 식탁 위에 놓았다. 그리고 밖으로 나와 먼치킨들에게 물어보았다.

"아저씨와 아줌마에게 돌아가고 싶어요. 저를 걱정하고 계실 거예요. 제게 집으로 돌아가는 길을 알려 주시겠어요?"

먼치킨들과 마녀는 서로를 쳐다보더니 도로시에게 머리를 흔들면서 말했다.

"여기서 그리 멀지 않은 동쪽에는 아무도 건너지 못한 거대한 사막이 있어요."

한 먼치킨이 말했다.

"콰들링이 사는 남쪽 나라에도 그런 사막이 있어요."

또 다른 먼치킨이 말했다.

"사악한 서쪽 마녀가 다스리는 윙키들이 사는 서쪽에도 똑같은 사막에 있지요. 만약 그쪽으로 가면 서쪽 마녀가 당신을 노예로 만들 거예요."

세 번째 먼치킨이 말했다.

"나의 고향인 북쪽에도 똑같은 사막이 있어. 오즈의 나라는 그런 사막에 둘러싸여 있지. 안됐지만 우리와 같이 사는 수밖에 없겠어."

착한 마녀가 말했다.

도로시는 이 말을 듣고 이상한 사람들 사이에서 살아야 한다고 생각하니 외로워져서 울기 시작했다. 착한 마음씨의 먼치킨들은 도로시의 눈물을 보고 슬퍼져서 저마다 손수건을 꺼내 같이 울기 시작했다. 작고 늙은 여인이 모자를 벗더니 모자 끝을 코 위에 올려놓고 균형을 잡고 엄숙한 목소리로 "하나, 둘, 셋." 을 세었다. 금세 모자가 석판으로 변했다. 석판에는 흰색 분필로 커다란 글씨가 쓰여 있었다.

"도로시를 에메랄드 시로 보내라."

작고 늙은 여인은 석판을 코에서 내려 글자를 읽고 나서 물었다.

"네 이름이 도로시니?"

"맞아요."

도로시가 눈물을 멈추고 고개를 들어 말했다.

"그러면 에메랄드 시로 가야겠구나. 아마 오즈가 널 도와줄 거야."

"그곳은 어디에 있는데요?"

도로시가 물었다.

"오즈의 나라 한가운데에 있어. 오즈의 마법사가 통치하는 곳이란다."

"그는 좋은 사람인가요?"

도로시가 걱정스럽게 물었다.

"한 번도 그를 본 적이 없어서 그가 사람인지는 모르겠지만 좋은 마법사야."

"어떻게 그곳에 가지요?"

도로시가 물었다.

"걸어가면 돼. 아주 긴 여행이 될 거야. 이 나라를 지나가다 보면 때로는 즐겁겠지만 어떤 때는 무섭고 끔찍한 일도 생길 거야. 하지만 내가 아는 모든 마법을 동원해서 너를 지켜 줄 수 있도록 노력할게."

"같이 가면 안 돼요?"

작고 늙은 여인을 유일한 친구로 느끼기 시작한 도로시가 애원했다.

"그럴 수는 없어."

여인이 대답했다.

"대신 이마에 입맞춤을 해 줄게. 그 누구도 감히 북쪽 마녀가 입맞춤한 사람을 해칠 수는 없단다."

그녀는 도로시에게 다가오더니 이마에 부드럽게 입맞춤해 주었다. 그녀의 입술이 닿자 도로시의 이마에 둥근 자국이 생겨났다.

"에메랄드 시로 가는 길은 노란 벽돌 길로 되어 있단다."

마녀가 말했다.

"그러니 길을 잃을 일은 없을 거야. 오즈에게 가면 두려워하지 말고 너의 사정을 이야기하고 도와 달라고 하렴. 잘 가."

세 명의 먼치킨은 도로시에게 고개 숙여 인사하고 편안한 여행이 되기를 빌고는 숲속으로 사라졌다. 마녀는 도로시에게 다정하게 끄덕이고 왼쪽 발꿈치로 세 바퀴 돌더니 홀연히 사라져 버렸다. 마녀가 서 있는 동안에 무서워서 으르렁거리던 토토는 그녀가 갑자기 사라지자 놀라서 크게 짖어 댔다. 하지만 도로시는 그녀가 마녀라는 것을 알았기에 그런 식으로 사라져도 전혀 놀라지 않았다.

3
허수아비를 구한 도로시

혼자 남겨지자 도로시는 배가 고프기 시작했다. 그래서 찬장을 열고 빵을 꺼내 버터를 발라 먹었다. 토토에게도 빵을 조금 주고 선반에서 양동이를 꺼내 작은 개울로 가서 반짝이는 깨끗한 물을 떴다. 토토는 나무에 뛰어오르며 나뭇가지에 앉아 있는 새들에게 짖기 시작했다. 도로시는 토토를 데리러 갔다가 맛있어 보이는 과일이 나뭇가지에 열린 것을 보고 몇 개를 땄다. 아침식사로 먹을 생각이었다. 집으로 돌아온 도로시는 토토와 함께 시원하고 맑은 물을 마시고 에메랄드 시로 떠날 준비를 했다.

도로시에게는 여벌 옷이 한 벌뿐이었는데 마침 깨끗이 세탁되어 침대 옆 벽에 걸려 있었다. 흰색과 파란색 체크무늬 옷이었다. 많이 빨아서 색이 좀 바랬지만 귀여운 옷이었다. 도로시는 꼼꼼히 세수를 하고 깨끗한 옷으로 갈아입고 분홍색 모자를 썼다. 그다음 작은 바구니에 찬장 위에 놓인 빵을 가득 담고 흰 손수건으로 덮었다. 신발을 바라본 도로시는 너무 오래되고 낡았다고 생각했다.

"오래 여행하려면 이 신발로는 무리겠지. 토토."

토토는 작고 까만 눈으로 그녀의 얼굴을 바라보며 마치 말을 알아듣는 것처럼 꼬리를 흔들었다.

그때 도로시는 식탁 아래 놓여 있던 동쪽 마녀의 은 구두를 보았다.

"내 발에 맞을까? 이 신발은 잘 닳지 않아서 오래 걷기에 좋을 것 같아."

도로시는 오래된 가죽신을 벗어 버리고 은 구두를 신었다. 구두는 마치 도로시를 위해 맞춘 듯이 발에 꼭 맞았다.

드디어 도로시는 바구니를 들었다.

"가자, 토토. 에메랄드 시로 가서 오즈의 마법사에게 캔자스로 돌아가는 법을 물어보자."

도로시는 문을 닫아 잠그고 열쇠를 호주머니에 조심스럽게 넣었다. 그러고는 여행을 시작했다. 토토는 침착하게 그녀 뒤를 따라 걸었다. 여러 갈래의 길이 있었지만 노란 벽돌로 포장된 길을 찾기는 쉬웠다.

도로시는 은 구두를 또각거리며 에메랄드 시를 향해 노란 벽돌 길 위를 씩씩하게 걸어갔다. 태양은 밝게 내리쬐고 새들은 달콤하게 지저귀었다. 갑자기 이상한 나라 한가운데에 떨어진 어린 소녀였지만 도로시는 우울하지 않았다.

길을 따라 걸으며 도로시는 그곳이 너무 아름다워서 놀랐다. 길가에는 파란색으로 칠한 잘 정돈된 담장이 있었고 그 너머에는 풍성한 곡식과 채소밭이 있었다. 분명히 먼치킨들은 농작물을 아주 잘 키우는 좋은 농부인 것 같았다. 집을 지나칠 때마다 사람들은 밖으로 나와 그녀에게 공손하게 인사했다.

그들 모두 도로시가 사악한 마녀를 죽이고 자신들을 속박에서 풀어 준 것을 알고 있었다. 먼치킨들의 집은 좀 이상하게 생겼는데, 벽면과 지붕이 모두 둥그랬다. 게다가 하나같이 파란색으로 칠해져 있었다. 파란색은 동쪽 나라 사람들이 가장 좋아하는 색이었다.

저녁이 다가오자 오래 걸은 탓에 도로시는 피곤했고 어디서 밤을 보내야 할지 걱정스러웠다. 도로시는 다른 집보다 약간 큰 집으로 들어갔다.

잔디밭에서 많은 사람들이 춤을 추고 있었다. 다섯 명의 작은 연주자들이 흥겹게 바이올린을 연주했고 사람들은 웃으며 노래했다. 커다란 식탁 위에는 맛있는 과일과 견과류, 파이와 케이크 등의 먹을 것들이 산더미처럼 쌓여 있었다.

사람들은 도로시를 향해 다정하게 인사하고 저녁을 먹고 하룻밤 자고 가라고 청했다. 이 집은 이 나라에서 가장 부자인 먼치킨의 집이었다. 집주인이 사악한 마녀에게서 풀려나 자유를 찾은 것을 축하하기 위해 친구들을 불러 모은 것이었다.

도로시는 따뜻한 저녁을 먹었다. 부자 먼치킨 보크가 직접 시중을 들었다. 도로시는 소파에 앉아 사람들이 춤추는 것을 지켜보았다.

보크가 도로시의 은 구두를 보고 물었다.

"당신은 분명히 위대한 마법사군요."

"왜요?"

도로시가 물었다.

"왜냐하면 당신은 사악한 마녀를 죽이고 마녀의 은 구두를 신고 있으니까요. 게다가 흰색 옷을 입고 있잖아요. 마녀와 마법사만 흰옷을 입지요."

"내 옷은 파랑과 흰색이 섞인 체크예요."

도로시가 옷의 주름을 펴며 말했다.

"그런 옷을 입다니 정말 친절하군요."

보크가 말했다.

"파란색은 먼치킨의 색이고 흰색은 마녀의 색이죠. 그러니 당신은 우리에게 호의적인 마녀라는 걸 알 수 있어요."

도로시는 이 말에 무슨 대답을 해야 할지 몰랐다. 모든 사람들은 그녀를 마녀로 생각했지만 도로시는 자신이 회오리바람을 타고 와서 우연히 이 나라의 운명을 바꾼 평범한 소녀라는 것을 잘 알았다.

춤추는 것을 보기도 지겨워질 무렵, 보크는 침대가 있는 방으로 도로시를 안내했다. 침대 시트도 파란색이었다. 도로시는 아침이 될 때까지 곤히 잠들었고 토토도 그녀 옆의 파란색 카펫 위에 몸을 웅크렸다.

다음 날 아침 도로시는 따뜻한 아침을 먹고, 먼치킨 아기가 토토의 꼬리를 잡아당기고 깔깔거리며 노는 모습을 즐겁게 지켜보았다. 이곳 사람들은 한 번도 강아지를 본 적이 없었기에 토토는 모든 사람의 관심을 받는 대상이었다.

"에메랄드 시까지는 얼마나 남았나요?"

도로시가 물었다.

"저도 잘 몰라요."

보크가 진지하게 말했다.

"저는 한 번도 그곳에 가 본 적이 없어요. 오즈와 볼일이 없는 이상 그에게서 멀리 떨어져 있는 것이 좋아요. 에메랄드 시까지는 먼 길이에요. 아마 며칠 걸릴 거예요. 이곳은 풍요롭고 평화롭지만 오즈의 나라에 닿기 전에 거칠고 험한 장소를 지나야 할 거예요."

이 말을 듣고 도로시는 걱정이 되었지만 오즈의 마법사만이 그녀를 캔자스로 돌려보내 줄 수 있었다. 도로시는 물러나지 않도록 단단히 마음먹었다.

도로시는 친구들에게 작별 인사를 하고 다시 노란 벽돌 길을 따라 걸었다. 도로시는 몇 킬로미터쯤 걷다가 쉬려고 길옆의 담장 위에 앉았다. 담장 너머에는 옥수수 밭이 펼쳐져 있었고 옥수수를 쪼아 먹는 새들을 쫓기 위한 허수아비가 장대에 걸려 있었다.

도로시는 턱을 괴고 허수아비를 골똘히 바라보았다. 짚을 채운 천으로 된 허수아비의 머리에는 눈과 코와 입이 그려져 있었다. 한때는 어떤 먼치킨의 것이었던 오래된 뾰족한 파란 모자를 쓰고, 짚이 채워진 낡고 물이 빠진 파란색 옷을 입고 이 나라의 모든 사람들이 신고 다니는 것과 같은 낡은 파란 부츠를 신고 있었다. 허수아비는 장대에 걸려 옥수수 대 위로 삐죽 나와 있었다.

도로시는 이상하게 생긴 허수아비의 얼굴을 진지하게 바라보았다. 그때 허수아비가 그녀를 향해 한쪽 눈을 천천히 깜빡거렸다. 도로시는 캔자스의 어떤 허수아비도 윙크를 하지 않기에 처음에는 잘못 봤다고 생각했다. 하지만 허수아비는 이제 그녀를 향해 다정하게 고개를 숙이며 인사하고 있었다. 도로시는 담장을 내려가서 허수아비에게 걸어갔다. 토토는 장대를 돌며 짖어 댔다.

"안녕?"

허수아비가 약간 쉰 목소리로 말했다.

"말할 줄 알아?"

도로시가 놀라서 물어보았다.

"당연하지."

허수아비가 대답했다.

"잘 지내니?"

"응, 물어봐 줘서 고마워. 너는 어때?"

도로시가 예의 바르게 대답했다.

"나는 별로야. 밤낮 장대에 매달려서 까마귀를 쫓는 일은 정말 지겨워."

허수아비가 미소를 지으며 말했다.

"내려올 수 없어?"

도로시가 물었다.

"아니, 장대에 걸려 있어서 못 내려가. 네가 나를 내려 준다면 정말 좋을 텐데."

도로시는 두 팔을 들어 장대에서 허수아비를 들어 올렸다. 짚으로 된 허수아비는 아주 가벼웠다.

"정말 고마워. 새로 태어난 것 같아."

허수아비가 땅에 내려와서 말했다.

도로시는 짚으로 만들어진 사람이 말하고 고개 숙여 인사하고 걷는 것이 이상하다고 생각했다.

"넌 누구니? 그리고 어디로 가고 있니?"

허수아비가 기지개를 켜고 하품을 하면서 물었다.

"난 도로시야. 난 에메랄드 시로 갈 거야. 위대한 마법사 오즈에게 나를 캔자스로 돌려보내 달라고 부탁하려고."

도로시가 말했다.

"에메랄드 시가 어딘데? 그리고 오즈는 누구야?"

허수아비가 물었다.

"너 모르니?"

도로시가 허수아비를 바라보며 놀라서 물었다.

"몰라, 사실 난 아무것도 몰라. 너도 알다시피 난 짚으로 만들어졌잖아. 그래서 뇌가 없어."

허수아비가 슬픈 목소리로 대답했다.

"오, 정말 안됐구나."

도로시가 말했다.

"너와 함께 에메랄드 시에 가면 오즈가 나에게 뇌를 줄까?"

허수아비가 물었다.

"나도 잘 모르겠어. 하지만 원한다면 함께 가도 좋아. 오즈가 네게 뇌를 주지 않는다고 해도 지금보다 나빠질 건 없잖아?"

"맞아. 내 팔다리와 몸이 지푸라기로 만들어진 것은 괜찮아. 왜냐하면 난 다치지 않거든. 누가 내 발을 밟거나 바늘로 찔러도 난 아무렇지도 않아. 하지만 난 사람들이 나를 바보라고 부르는 게 싫어. 내 머리에 지푸라기 대신 너처럼 뇌가 들어 있다면 무언가를 알 수 있을까?"

허수아비가 말했다.

"무슨 말인지 알겠어. 나와 함께 가면 너를 위해 오즈에게 뇌를 달라고 부탁해 볼게."

도로시는 정말로 허수아비가 안됐다고 생각하며 말했다.

"고마워."

허수아비가 고마워하며 말했다.

도로시는 허수아비가 담을 넘는 것을 도와주었고 그들은 에메랄드 시로 향하는 노란 벽돌 길을 따라 걷기 시작했다.

토토는 처음에 일행이 늘어난 것을 반기지 않았다. 토토는 짚으로 된 허수아비의 몸 안에 쥐 둥지라도 있는 것처럼 킁킁거리며 허수아비에게 으르렁거렸다.

"토토는 신경 쓰지 마. 절대 물지 않아."

도로시가 새 친구에게 말했다.

"난 무섭지 않아. 토토가 짚을 아프게 할 수는 없거든. 내가 바구니를 들어 줄게. 나는 피곤해지지 않아. 내가 비밀 하나 말해 줄게. 이 세상에 내가 무서워하는 것이 딱 한 가지 있어."

허수아비가 말했다.

"그게 뭔데? 너를 만든 먼치킨 농부니?"

도로시가 물었다.

"아니야. 바로 성냥이야."

허수아비가 대답했다.

4
숲속으로 난 길

몇 시간 후에는 걷기 힘들 정도로 길이 험해졌다. 허수아비는 울퉁불퉁한 노란 벽돌 길 위로 계속 넘어졌다. 길은 끊어지거나 사라지기도 했다. 구덩이가 나오면 토토는 뛰어넘었고 도로시는 돌아갔다. 뇌가 없는 허수아비는 그냥 똑바로 가다가 구덩이에 빠져서 단단한 벽돌 길 위에 큰 대 자로 넘어졌다. 허수아비는 절대 다치지 않았기에 도로시는 그 실수에 즐겁게 웃으면서 다시 일으켜 세워 줄 수 있었다. 이곳의 농장들은 앞서 있던 농장들에 비해 신경 써서 가꾼 것 같지 않았다. 집도 과일나무도 점점 드문드문해졌고 앞으로 나아갈수록 더 음울하고 황량해졌다.

정오쯤에 그들은 작은 시냇물 근처의 길가에 앉았다. 도로시는 바구니를 열고 빵을 꺼내 허수아비에게도 권했지만 그는 거절했다.

"난 전혀 배고프지 않아. 배고프지 않아서 정말 다행이야. 내 입은 그려진 거라서 입을 열기 위해 구멍을 뚫는다면 지푸라기가 빠져나올 거거든. 그러면 머리통 모양이 망가질 거야."

허수아비가 말했다.

도로시는 허수아비를 보고 그 말이 맞는 것 같아서 고개를 끄덕이고 계속 빵을 먹었다.

"네 얘기 좀 해 줘. 네가 온 곳이라던가."

도로시가 빵을 다 먹고 나자 허수아비가 물었다. 그래서 도로시는 허수아비에게 캔자스는 온통 회색빛이며 자신과 토토는 회오리바람에 실려 이상한 나라 오즈로 왔다고 말해 주었다.

허수아비가 열심히 듣더니 말했다.

"왜 이 아름다운 나라를 떠나서 황량한 회색의 캔자스로 돌아가고 싶어 하는지 이해할 수가 없어."

"너는 뇌가 없어서 그래."

도로시가 대답했다.

"아무리 황량하고 따분하다 해도 사람들은 세상 어떤 아름다운 곳보다 고향에서 살고 싶어 해. 세상에서 고향만 한 곳은 없거든."

허수아비는 한숨을 쉬었다.

"당연히 난 이해 못하겠지."

허수아비가 말했다.

"네가 나처럼 머리가 지푸라기로 되어 있다면 너도 아마 아름다운 곳에서 살고 싶어 할 거야. 그러면 캔자스에는 아무도 없겠지. 너에게 뇌가 있어서 캔자스에게는 정말 다행인걸."

"쉬는 동안 네 얘기도 좀 해 줄래?"

도로시가 물었다.

허수아비는 그녀를 원망하듯이 바라보더니 대답했다.

"내 인생은 너무 짧아서 정말로 아무것도 알지 못해. 난 어제 만들어졌는데, 그 전에 일어난 일은 아무것도 모르겠어. 농부가 내 머리를 만들고 제일 처음 한 일은 귀를 그린 거야. 그때부터 무슨 일이 일어나는지 들을 수 있게 됐지. 나를 만든 농부 옆에 다른 먼치킨이 있었는데 내가 처음 들은 말은 이거야.

'이 귀 어때?'

'균형이 안 맞잖아.'

'상관없어. 어쨌든 귀니까.'

농부가 말했지. 그 말은 맞는 말이야.

'이제 눈을 그려야지.'

그는 내 한쪽 눈을 그렸고 그때부터 농부와 주변의 모든 신기한 것들을 볼 수 있었지. 그게 세상에 대한 내 첫인상이야.

'눈을 정말 잘 그렸군. 파란색은 눈에 제격이지.'

농부가 그리는 것을 보고 있던 다른 먼치킨이 말했어.

'다른 쪽 눈은 더 크게 그릴까 봐.'

다른 눈이 그려지자 전보다 더 잘 볼 수 있게 됐지. 그리고 농부는 내 코와 입을 그렸어. 하지만 말은 하지 않았어. 그때는 입을 어디에다 쓰는지 몰랐거든. 난 농부들이 내 몸과 팔다리를 만드는 모습을 재미있게 지켜보았어. 그들이 내 머리에 몸을 달아 줬을 때 난 정말 자랑스러웠어. 여느 사람과 다를 바 없다고 생각했거든.

'이 녀석은 까마귀를 아주 잘 쫓겠는걸.'

농부가 말했어.

'정말 사람처럼 생겼군.'

그러자 또 다른 농부가 말했어.

'사람 모양이잖아.'

나는 그 말이 맞다고 생각했어. 농부는 팔로 번쩍 나를 들어 옥수수 밭으로 가서 네가 나를 발견했던 기다란 장대에 꽂았어. 그러고는 가 버려서 난 혼자 남겨졌어. 난 그런 식으로 혼자 남겨진 것이 싫었어. 그래서 그들을 따라가려고 했지. 하지만 내 발이 땅에 닿지 않았어. 나는 장대에 매달려 있었던 거야. 조금 전까지는 생각할 거리도 없는 정말 무료한 삶이었어. 까마귀와 다른 새들이 옥수수 밭에 날아왔다가 나를 보고는 내가 먼치킨인 줄 알고 다시 날아갔어. 그 일로 내가 꽤 중요한 사람이 된 것만 같아 기분이 꽤 좋아졌지. 그런데 나이 든 까마귀가 조금씩 가까이 오더니 나를 주의 깊게 보고는 내 어깨에 올라앉아 이렇게 말하는 거야.

'그 농부가 이런 어쭙잖은 방법으로 날 가지고 놀려고 했다니 놀라운데. 생각이 있는 까마귀라면 누구라도 네가 짚으로 만든 사람이라는 것을 알 거야.'

그러더니 내 발밑으로 가서 원하는 만큼 옥수수를 쪼아 먹었지. 다른 새들도 그 새가 하는 것을 보고 내가 아무 해도 끼치지 못한다는 것을 알고 옥수수를 먹기 시작했어. 금방 내 주변엔 새 떼가 몰려들었지.

그것을 보고 난 슬퍼졌어. 난 결국 쓸모 있는 허수아비가 아니었던 거야. 하지만 늙은 까마귀는 이렇게 날 위로해 주었지.

'네 머릿속에 뇌만 있다면 너도 사람과 다를 바 없을 거야. 어떤 사람보다도 훌륭할 텐데. 까마귀든 사람이든, 오직 뇌만이 이 세상에서 가질 가치가 있는 것이거든.'

그 까마귀가 가고 나서 난 그 말을 곱씹어 봤어. 그리고 뇌를 갖기로 결심했지. 네가 와서 나를 장대에서 내려 줬고, 네 말로는 에메랄드 시에 가면 오즈의 마법사가 내게 뇌를 줄 수 있다고 하니 정말 다행이지 뭐니."

"네가 뇌를 정말 갖고 싶어 하는 것 같으니 꼭 갖길 바랄게."

도로시가 솔직하게 말했다.

"맞아. 정말 갖고 싶어. 자신이 바보 같다는 느낌은 별로 유쾌하지 못하거든."

허수아비가 대답했다.

"그럼 이제 가자."

도로시가 바구니를 허수아비에게 건네며 말했다.

이제 길가에는 담장도 없었다. 땅은 경작하지 않고 내버려 둔 거친 들판이었다. 저녁 즈음에 그들은 커다란 숲으로 들어섰다. 나무들이 너무 크고 빽빽해서 노란 벽돌 길에 가지가 닿을 지경이었다. 나뭇가지들이 햇빛을 가리고 있어서 나무 아래는 아주 어두웠다. 하지만 그들은 멈추지 않고 계속 숲으로 들어갔다.

"들어가는 길이 있다면 나가는 길도 있겠지. 에메랄드 시가 길 끝에 있으니까 이 길이 이끄는 대로 가야 해."

허수아비가 말했다.

"그건 아무도 몰라."

도로시가 말했다.

"틀림없어. 왜냐하면 내가 아니까. 그걸 알아내는 데 뇌가 필요하다면 나는 그런 말을 절대 하지 못했을 거야."

허수아비가 대답했다.

한 시간쯤 지나니 주변이 많이 어두워져서 도로시는 어둠 속에서 비틀거렸다. 도로시는 아무것도 볼 수 없었지만 토토는 어둠 속에서도 잘 볼 수 있었다.

허수아비도 대낮처럼 잘 볼 수 있다고 말했다. 그래서 도로시는 허수아비의 팔을 잡고 걸어갔다.

"어딘가 밤을 보낼 만한 장소가 보이면 말해 줘. 어둠 속에서 걷는 건 정말 불편해."

도로시가 말했다.

잠시 후에 허수아비가 멈춰 섰다.

"오른쪽에 통나무로 지어진 작은 오두막이 있어. 그쪽으로 갈까?"

허수아비가 말했다.

"그래. 나 완전 지쳤어."

도로시가 말했다.

허수아비는 오두막에 닿을 때까지 도로시를 이끌고 나무 사이를 헤쳐 갔다. 오두막에 들어서니 한쪽 구석에 낙엽으로 된 침대가 있었다. 도로시는 토토를 안고 눕자마자 깊게 잠들었다. 허수아비는 피곤하지 않아서 한쪽 구석에 서서 아침이 올 때까지 기다렸다.

5
양철 나무꾼을 구하다

도로시가 눈을 떴을 때, 나무 사이로 햇살이 들어왔다. 토토는 벌써 나가서 새들과 다람쥐를 쫓고 있었다. 도로시는 일어나서 주변을 둘러보았다. 허수아비는 여전히 한쪽 구석에 서서 도로시가 일어나기를 기다리고 있었다.

"밖에 나가서 물을 찾아봐야겠어."

도로시가 허수아비에게 말했다.

"물이 왜 필요한 거야?"

허수아비가 물었다.

"걸어오면서 먼지로 더러워진 얼굴도 씻고, 마른 빵만 먹으면 목이 메니까 물과 함께 먹어야 해."

"살과 피로 이루어졌다는 것은 정말 불편하구나. 잠도 자야 하고 먹고 마셔야 하니까. 하지만 넌 제대로 생각할 수 있는 두뇌를 가진 거니까 그런 불편 정도는 감수할 만하지."

허수아비가 말했다.

그들은 오두막을 떠나 작고 맑은 샘물을 발견할 때까지 숲 속을 걸었다. 거기서 도로시는 물을 마시고, 세수를 하고, 아침 식사를 했다. 바구니 안에는 이제 빵이 조금밖에 남지 않아서 도로시는 허수아비가 아무것도 먹지 않는 것이 갑자기 고마워졌다. 이 빵으로는 그녀와 토토가 하루를 버티기도 힘들 것 같았다.

도로시가 식사를 마치고 노란 벽돌 길로 돌아가다가 근처에서 신음 소리가 들려와 깜짝 놀랐다.

"이게 무슨 소리야?"

도로시가 겁먹은 목소리로 물었다.

"나도 모르겠는걸. 무슨 소리인지 가 보자."

허수아비가 대답했다.

그때 또 신음 소리가 들렸다. 그 소리는 뒤쪽에서 나는 것 같았다. 뒤돌아서서 숲으로 몇 발짝 걸어 들어갔을 때, 도로시는 나무 사이로 햇빛을 받아 반짝이는 무언가를 보았다. 그곳으로 달려간 도로시는 깜짝 놀라 작은 비명을 질렀다.

커다란 나무 하나가 반쯤 도끼질되어 있었고 그 옆에 도끼를 손에 든 양철로 된 사람이 서 있었다. 그의 머리와 팔다리는 몸에 관절로 연결되어 있었지만 손가락 하나 꼼짝할 수 없는 것처럼 움직이지 않았다.

도로시와 허수아비는 놀란 눈으로 그를 바라보았다. 토토는 날카롭게 짖으며 양철 다리를 물었지만 이빨만 다쳤다.

"네가 신음 소리를 냈니?"

도로시가 물었다.

"그래. 내가 냈어. 난 일 년 넘게 신음하고 있었지만 아무도 내 소리를 듣지 못해서 도와주는 사람이 없었지."

양철 나무꾼이 말했다.

"어떻게 도와주면 되겠니?"

도로시가 양철로 된 사람의 슬픈 목소리를 듣고 마음이 움직여서 부드럽게 물어보았다.

"기름통을 가져와서 내 관절에 기름을 칠해 줘. 관절이 너무 녹슬어서 전혀 움직일 수가 없어. 기름만 바르면 금방 좋아질 거야. 기름은 내 오두막 선반 위에 있어."

그가 대답했다.

도로시는 당장 오두막으로 달려가서 기름통을 찾아와서 걱정스럽게 물어보았다.

"어떤 관절부터 칠할까?"

"먼저, 목에 칠해 줘."

양철 나무꾼이 말했다. 도로시는 그의 목에 기름을 발라 줬다. 하지만 너무 녹슬어서 허수아비가 양철로 된 머리를 잡고 잘 돌아갈 때까지 이쪽저쪽으로 부드럽게 움직여 준 다음에야 양철 나무꾼 스스로 목을 움직일 수 있었다.

"이제 팔 관절에 발라 줘."

그가 말했다.

도로시는 기름을 발라 주었고 허수아비는 팔이 잘 움직일 때까지 천천히 구부려 주었다. 양철 나무꾼은 만족한 한숨을 쉬며 도끼를 내려 나무에 비스듬히 세워 놓았다.

"이제 좀 편하네. 녹슬고 나서 계속 도끼를 들고 있었어. 드디어 내려놓다니 정말 기뻐. 이제 내 다리 관절에 기름을 발라 주면 난 다시 예전처럼 움직일 수 있을 거야."

그가 말했다.

그들은 그가 자유롭게 움직일 수 있을 때까지 다리에 기름을 발라 주었다. 그는 자신을 구해 줘서 고맙다고 계속 인사했다. 그는 아주 예의 바르고 좋은 사람인 것 같았다.

"아마 너희가 오지 않았으면 난 계속 저기 서 있었을 거야. 그러니 너희는 내 인생의 은인이지. 어쩌다 이곳에 오게 된 거야?"

양철 나무꾼이 물었다.

"우린 오즈의 마법사를 만나기 위해 에메랄드 시로 가는 길이야."

도로시가 대답했다.

"그러다가 밤을 보내기 위해 너의 오두막에 들른 거야."

"왜 오즈를 만나려고 하는 거야?"

양철 나무꾼이 물었다.

"난 오즈에게 캔자스로 보내 달라고 할 거야. 그리고 허수아비는 오즈에게 뇌를 달라고 할 거야."

도로시가 대답했다.

양철 나무꾼은 잠시 생각해 보더니 말했다.

"오즈가 내게 심장을 줄 수 있을까?"

"그럴지도. 허수아비에게 뇌를 준다면 심장을 주는 일은 쉽겠지."

도로시가 대답했다.

"맞아. 날 너희 일행으로 끼워 준다면 나도 에메랄드 시로 가서 오즈에게 심장을 달라고 하고 싶어."

양철 나무꾼이 말했다.

"같이 가자."

허수아비가 따뜻하게 말했고 도로시도 그가 일행이 되어 기뻤다. 그래서 도끼를 어깨에 걸친 양철 나무꾼과 친구들은 노란 벽돌 길이 나올 때까지 숲길을 걸었다.

양철 나무꾼은 도로시에게 바구니에 기름통을 넣어도 되겠느냐고 물었다.

"만약 내가 비를 맞으면 또 녹슬거든. 난 이 기름통이 꼭 있어야 해."

양철 나무꾼이 말했다.

새로운 일행을 맞이한 것은 행운이었다. 얼마 못 가서 나무와 가지들이 빽빽이 자라서 도저히 지나갈 수 없는 길이 나왔다. 양철 나무꾼이 모두 지나갈 수 있게 도끼로 길을 터 주었다. 도로시는 걸어가면서 골똘히 생각을 하다가 허수아비가 길 위의 구덩이에 걸려 길가로 넘어진 것을 눈치채지 못했다. 그는 일으켜 달라고 도로시를 불렀다.

"왜 구덩이를 피해 가지 않는 거지?"

양철 나무꾼이 물었다.

"나는 잘 몰라. 너도 알다시피 내 머리는 짚으로 채워져 있잖아. 그래서 내가 오즈에게 뇌를 달라고 부탁하러 가는 거야."

허수아비가 명랑하게 대답했다.

"음, 그렇군. 뇌가 세상에서 가장 좋은 것은 아니지만."

양철 나무꾼이 말했다.

"넌 뇌가 있니?"

허수아비가 물었다.

"아니, 내 머리는 텅 비었어. 하지만 내게 뇌가 있었을 때는 심장도 같이 있었지. 두 가지를 다 가져 봤는데 심장을 가진 것이 더 좋았어."

양철 나무꾼이 대답했다.

"왜?"

허수아비가 물어보았다.

"내 이야기를 해 줄게. 그러면 알게 될 거야."

그래서 그들은 숲속을 걷는 동안에 양철 나무꾼의 이야기를 들었다.

"난 나무를 해서 먹고사는 나무꾼의 아들로 태어났어. 나도 어른이 되어 나무꾼이 되었고, 아버지가 돌아가시고 나서 늙으신 어머니를 돌아가실 때까지 모셨지. 그 후에 혼자 사는 것이 외로워서 결혼을 하기로 결심했어. 아름다운 먼치킨 소녀가 하나 있었는데 나는 온 마음을 다 바쳐서 그녀를 사랑했지. 그녀는 내가 더 좋은 집을 지을 만큼 돈을 벌면 결혼하겠다고 약속했어. 그래서 난 전보다 더 열심히 일했어. 그녀는 노파와 함께 살았는데, 노파는 그녀를 시집보내기 싫어했지. 왜냐하면 노파는 너무 게을러서 소녀가 평생 자기 곁에 남아 요리와 집안일을 하길 바랐던 거야. 그래서 노파는 동쪽의 사악한 마녀를 찾아갔고 그 결혼을 막을 수만 있다면 양 두 마리와 소 한 마리를 주겠다고 했지. 그래서 사악한 마녀는 내 도끼에 마법을 걸었어. 가능한 한 빨리 새 집과 아내를 얻으려고 안달하던 나는 어느 날 나무를 베다가 갑자기 도끼가 미끄러져서 한쪽 다리를 잃었지.

한쪽 다리만 가지고는 좋은 나무꾼이 될 수 없으니까 처음엔 아주 불행한 일이라고 생각했어. 그래서 나는 대장장이를 찾아갔고 그는 내게 양철 다리를 만들어 줬어. 새 다리는 이전 다리만큼 잘 움직였어. 하지만 나의 행동에 동쪽의 사악한 마녀는 화가 났어. 왜냐하면 마녀는 노파에게 나와 예쁜 먼치킨 소녀의 결혼을 막겠다고 약속했거든. 어느 날 내가 나무를 벨 때 도끼가 또 미끄러졌고, 다른 다리마저 잘렸지. 나는 또 대장장이를 찾아가서 양철 다리를 만들어 달라고 했어. 그 뒤로도 마법이 걸린 도끼는 내 한쪽 팔을 잘랐고, 다른 팔도 잘랐어. 하지만 난 전혀 기죽지 않았어. 난 팔을 양철로 교체했지. 그러자 사악한 마녀는 도끼에 마법을 걸어 내 머리를 자르게 했어. 처음엔 그것이 나의 마지막인 줄 알았지. 하지만 대장장이가 지나가다가 나를 보고 내게 양철로 된 새 머리를 만들어 주었어.

나는 사악한 마녀의 코를 납작하게 눌렀다고 생각하고 전보다 더 열심히 일했지. 하지만 난 나의 적이 얼마나 잔인한지 몰랐던 거야. 마녀는 아름다운 먼치킨 처녀에 대한 나의 사랑을 끝낼 새로운 방법을 생각해 냈지. 또 도끼가 미끄러져서 내 몸을 반으로 갈랐어. 대장장이는 한 번 더 나를 도와주었어. 내게 양철 몸을 만들어 주고 내 양철 팔다리와 머리를 관절로 이어 줬어. 그래서 전처럼 움직일 수 있게 된 거야. 하지만, 나는 더 이상 심장을 가지고 있지 않았어. 그래서 먼치킨 소녀에 대한 사랑의 감정을 잃고 말았고 결국 그녀와 결혼하든 말든 관심도 갖지 않게 되었지. 아마 그녀는 아직도 노파와 함께 살면서 내가 오기를 기다리고 있을 거야.

나는 태양 아래 밝게 빛나는 내 몸이 너무 자랑스러웠고, 이제 도끼는 날 다치게 하지 못하니까 도끼가 미끄러져도 신경 쓰지 않았어. 하지만 내 관절이 녹슬 위험이 있었지. 그래서 오두막에 기름통을 놓아두고 필요할 때마다 바르곤 했어. 어느 날 기름칠하는 것을 깜박 잊고 나갔는데 비가 왔고, 관절이 녹슬어 버리겠다는 생각을 미처 하기도 전에 숲속에서 굳어 버린 거야. 그리고 너희를 만났지. 그곳에 서 있는 것은 정말 힘든 일이었어. 그곳에 일 년을 서 있는 동안 난 내가 잃은 것이 무엇일까 곰곰이 생각했어. 그것은 심장이었어. 내가 사랑에 빠졌을 때 난 이 세상에서 가장 행복한 남자였어. 하지만 심장이 없는 사람이 어떻게 사랑을 할 수 있겠니. 그래서 난 오즈에게 심장을 달라고 부탁하기로 한 거야. 그가 심장을 준다면 난 먼치킨 처녀에게 돌아가서 그녀와 결혼할 거야."

도로시와 허수아비는 양철 나무꾼의 이야기를 아주 흥미롭게 들었다. 이제야 양철 나무꾼이 왜 그토록 심장을 원하는지 알 것 같았다.

"그래도 난 심장 대신 뇌를 부탁할 거야. 바보는 심장이 있어도 그걸로 뭘 해야 할지 모르니까."

허수아비가 말했다.

"난 심장이 더 좋아. 뇌는 사람을 더 행복하게 해 주지는 못해. 행복이 세상에서 가장 소중한 거니까."

양철 나무꾼이 말했다.

도로시는 아무 말도 하지 않았다. 두 친구의 말 중에 누구 말이 맞는지 알쏭달쏭했다. 도로시는 캔자스의 엠 아줌마에게 돌아가기만 한다면 양철 나무꾼과 허수아비에게 심장이나 뇌가 있든 없든 아무 상관없었다.

도로시가 가장 걱정하는 것은 빵이 다 떨어져 간다는 것이었다. 자신과 토토가 한 끼만 더 먹으면 바구니가 텅 빌 것 같았다. 양철 나무꾼과 허수아비는 아무것도 먹지 않아도 괜찮지만 도로시는 양철이나 지푸라기로 만들어지지 않아서 먹지 않으면 살 수가 없었다.

6
겁쟁이 사자

도로시와 친구들은 깊은 숲속을 걸어갔다. 길은 여전히 노란 벽돌로 포장되어 있었지만 마른 나뭇가지와 낙엽들로 덮여 있어서 걷기가 쉽지 않았다. 새들도 밝고 탁 트인 곳을 좋아하는지 이 숲속에서 새를 찾아볼 수 없었다. 때때로 나무 사이에 숨어 있는 야생동물의 우렁찬 울음소리가 들렸다. 어떤 동물이 내는 소리인지 알 수 없어서 도로시의 심장은 빠르게 뛰었다. 토토는 알았다. 그래서 따라 짖지 않고 도로시 옆에서 조용히 걸었다.

"숲을 통과하는 데 얼마나 걸릴까?"

도로시가 양철 나무꾼에게 물었다.

"나도 모르겠어. 난 에메랄드 시에 가 본 적이 없거든. 하지만 내가 어렸을 적에 아버지가 한 번 가 보셨지. 아버지 말로는 오즈가 사는 나라가 가까워질수록 아름다워지지만 위험한 곳을 지나야 하는 긴 여행이래. 하지만 난 기름통이 있는 이상 전혀 두렵지 않아. 그리고 아무도 허수아비를 해칠 수는 없고 넌 이마에 착한 마녀의 입맞춤 자국이 있으니 다치지 않을 거야."

"하지만 토토는 어떡하지?"

도로시가 걱정스럽게 말했다.

"토토가 위험에 처하면 우리가 구해 줄게."

양철 나무꾼이 대답했다.

그때 숲속에서 무서운 동물 울음소리가 들리더니 갑자기 커다란 사자가 길 위로 튀어나왔다. 사자가 앞발을 한 번 휙 움직였더니 허수아비가 길 위로 나뒹굴었다. 사자는 날카로운 발톱으로 양철 나무꾼을 세게 쳤다. 나무꾼도 길 위로 넘어졌지만 양철에 아무 상처도 나지 않자 사자는 깜짝 놀랐다.

적을 정면으로 맞닥뜨린 작은 토토는 힘차게 짖으며 사자를 향해 달려들었다. 거대한 짐승은 개를 물려고 입을 벌렸다. 토토가 죽을지도 모른다고 생각한 도로시는 위험도 아랑곳하지 않고 앞으로 달려 나가서 사자의 코를 있는 힘껏 때리며 외쳤다.

"토토를 물기만 해 봐! 부끄러운 줄을 알아. 너처럼 큰 짐승이 불쌍한 작은 강아지를 물다니!"

"난 안 물었어."

사자는 도로시가 때린 코를 앞발로 비비며 말했다.

"물려고 했잖아. 넌 커다란 겁쟁이일 뿐이야."

도로시가 되받아쳤다.

"나도 알아. 언제나 알고 있었어. 하지만 나도 어쩔 수 없어."

사자가 부끄러워서 고개를 숙이며 말했다.

"난 정말 모르겠어. 그렇다면 지푸라기로 만든 불쌍한 허수아비를 때린 건 뭐지?"

"지푸라기로 만들었다고?"

도로시가 허수아비를 일으켜서 모양이 잡히도록 두드려 주는 모습을 보며 사자가 놀라서 물었다.

"당연히 지푸라기로 만들었지."

아직도 화가 난 도로시가 말했다.

"그래서 허수아비가 그렇게 쉽게 나동그라졌구나. 살짝 스쳤는데 굴러 넘어져서 나도 깜짝 놀랐어. 저 사람도 짚을 채운 거니?"

사자가 말했다.

"아니, 그는 양철로 만들어졌어."

도로시가 양철 나무꾼이 일어나는 것을 도와주며 말했다.

"그래서 내 발톱이 뭉개질 뻔했구

나. 발톱으로 양철을 긁을 때 차갑고 짜릿한 느낌이 내 등을 타고 흘렀어. 네가 아끼는 저 작은 동물은 뭐니?"

사자가 말했다.

"내 강아지 토토야."

도로시가 말했다.

"토토는 양철로 만들어졌니, 아니면 짚을 채운 거니?"

사자가 물었다.

"둘 다 아니야. 토토는 피와 살로 이루어진 강아지야."

도로시가 말했다.

"오! 정말 흥미로운 동물이네. 지금 보니 정말 작다. 나처럼 겁쟁이 말고는 아무도 이런 작은 것을 물려고 하지 않을 거야."

사자가 슬프게 말했다.

"어쩌다 겁쟁이가 됐어?"

도로시가 집채만큼 커다란 짐승을 놀라운 눈으로 바라보며 물었다.

"그것 참 수수께끼야. 난 아마 그렇게 태어났나 봐. 숲속의 모든 다른 동물들은 당연히 내가 용감하다고 생각해. 왜냐하면 사자는 어디서나 동물의 제왕이니까. 내가 아주 크게 울면 모든 동물들이 겁을 먹고 길을 비켜 주더라고. 난 사람들을 만날 때마다 아주 무서웠지만 내가 울부짖기만 하면 사람들은 언제나 꽁지가 빠져라 도망갔어. 만약 코끼리나 호랑이, 곰이 나를 겁주면 나도 도망갈 거야. 난 그런 겁쟁이니까. 하지만 그들은 내 울음소리를 들으면 모두 도망가. 그래서 난 당연히 그냥 가도록 놔뒀지."

"하지만 그건 옳지 않아. 짐승의 왕이 겁쟁이여서는 안 돼."

허수아비가 말했다.

"나도 알아. 그래서 나도 슬프고 불행해. 위험이 생기면 심장이 쿵쾅거리거든."

사자가 꼬리 끝으로 눈에서 눈물을 닦으며 대답했다.

"심장병이 있는 건지도 모르지."

양철 나무꾼이 말했다.

"그럴지도 몰라."

사자가 말했다.

"그렇다면, 기뻐해야 해. 그건 너는 심장을 가지고 있다는 얘기니까. 나는 심장이 없어. 그래서 심장병도 없지."

양철 나무꾼이 말했다.

"아마 내게 심장이 없었으면 난 겁쟁이가 되지 않았을지도 몰라."

사자가 말했다.

"너 뇌는 있니?"

허수아비가 물었다.

"있는 것 같아. 본 적은 없지만."

사자가 대답했다.

"난 오즈의 마법사에게 가서 뇌를 달라고 할 거야. 내 머리는 지푸라기로 채워져 있거든."

허수아비가 말했다.

"그리고 난 오즈의 마법사에게 심장을 달라고 할 거야."

양철 나무꾼이 말했다.

"그리고 난 오즈의 마법사에게 토토와 나를 캔자스로 돌려보내 달라고 할 거야."

도로시도 말했다.

"오즈의 마법사가 내게 용기를 줄 수 있을까?"

겁쟁이 사자가 말했다.

"나에게 뇌를 줄 수 있다면 용기도 줄 수 있겠지."

허수아비가 말했다.

"나에게 심장을 줄 수 있다면 그것도 쉬운 일이겠지."

양철 나무꾼이 말했다.

"나를 캔자스로 돌려보내 준다면 그것도 할 수 있겠지."

도로시가 말했다.

"괜찮다면 나도 너희를 따라갈래. 용기가 없는 내 삶은 견딜 수가 없거든."

사자가 말했다.

"환영해. 네가 있으면 다른 야생동물들이 가까이 오지 못할 거야. 너를 보고 그렇게 쉽게 겁먹다니 다른 동물들이 너보다 더 겁쟁이 같아."

도로시가 말했다.

"정말 그래. 하지만 그렇다고 해서 내가 용감해지는 건 아니야. 나 스스로 겁쟁이라는 것을 알고 있는 이상 난 행복할 수 없어."

사자가 말했다.

그들은 여행을 다시 시작했고, 사자는 도로시의 옆에서 걸었다. 사자의 커다란 이빨에 물릴 뻔했던 일을 잊지 않은 토토는 처음에 새 일행을 반기지 않았다. 하지만 시간이 지나 좀 편안해졌는지 겁쟁이 사자와 토토는 친구가 되었다.

그날은 별다른 일은 일어나지 않았다. 다만 한번 양철 나무꾼이 길 위를 기어가고 있던 무당벌레를 밟아서 그 작고 불쌍한 것을 죽였다. 항상 살아 있는 모든 것들이 다치지 않도록 신경 쓰는 양철 나무꾼은 이 일로 기분이 우울해졌다. 그는 걸어가는 내내 슬픔의 눈물을 흘리며 후회했다. 양철 나무꾼의 얼굴 위를 천천히 타고 흐르던 눈물은 그의 턱 관절을 녹슬게 했다. 도로시가 무엇을 물어봤을 때 양철 나무꾼은 턱이 완전히 녹슬어서 입을 열 수가 없었다. 양철 나무꾼은 아주 두려워져서 도로시에게 손짓, 발짓을 했지만 도로시는 무슨 말인지 몰랐다. 사자도 무엇이 잘못됐는지 알 수 없었다. 하지만 그때 허

수아비가 도로시의 바구니에서 기름통을 꺼내 양철 나무꾼의 턱에 기름을 칠해 주었고, 양철 나무꾼은 전처럼 말을 할 수 있었다.

"이번 일로 나는 걸을 때마다 잘 살펴봐야 한다는 것을 배웠어. 내가 또 벌레나 딱정벌레를 죽인다면 나는 분명히 또 눈물을 흘릴 거고, 그러면 또 턱에 녹이 슬어 말을 못 하게 될 거야."

나무꾼이 말했다.

그 후로 양철 나무꾼은 길 위를 바라보며 아주 조심스레 걸었고 작은 개미 하나도 밟지 않으려고 비켜서 걸었다. 그리고 자신이 심장이 없다는 것을 알기에 절대로 잔인하거나 불친절하게 굴지 않으려고 아주 신경을 썼다.

"심장이 있는 사람들은 마음이 잘못된 일을 하지 않도록 지켜주겠지. 하지만 나처럼 심장이 없는 사람은 아주 많이 신경을 써야 해. 오즈가 나한테 심장을 주면 나도 더는 신경 쓰지 않아도 될 거야."

양철 나무꾼이 말했다.

7
오즈의 마법사에게 가는 여행

그들은 그날 밤 근처에 하룻밤 묵을 만한 집이 없어서 숲속의 커다란 나무 아래서 야영을 했다. 나무는 이슬을 막아 줄 만큼 잎이 무성했다. 양철 나무꾼은 도끼로 나무를 잔뜩 해 왔고 도로시는 훌륭한 모닥불을 만들었다. 모닥불은 도로시를 따뜻하게 해 주고 외로운 마음도 덜어 주었다. 도로시와 토토는 마지막 남은 빵을 먹었다. 내일 아침엔 무엇을 먹어야 할지 걱정이 되었다.

"원한다면 내가 숲에 가서 사슴을 잡아 올게. 요리한 음식을 좋아한다면 불에 구워서 먹으면 될 거야. 그러면 좋은 아침 식사가 될 거야."

사자가 말했다.

"제발 그러지 마. 불쌍한 사슴을 죽이면 난 분명히 울 거고 내 턱은 또 녹슬 거야."

양철 나무꾼이 애원했다.

사자는 자신의 저녁거리를 찾으러 숲으로 나갔다. 사자가 아무 말도 하지 않아 누구도 사자의 저녁이 무엇인지 알지 못했다. 허수아비가 도토리나무를 발견해서 도로시의 바구니를 가득 채워 줘서 도로시는 한동안 배를 곯지 않아도 되었다. 도로시는 허수아비의 행동이 사려 깊고 친절하다고 생각했지만 서툴게 도토리를 따는 모습이 매우 우스워서 웃고 말았다. 지푸라기로 채워진 손은 너무 어설프고 도토리는 너무 작아서 바구니에 담는 것만큼 떨어뜨리고 있었다. 하지만 허수아비는 불 옆에 있지 않을 수만 있다면 바구니를 채우는 데 얼마나 오래 걸리든 신경 쓰지 않았다. 그는 지푸라기로 된 몸에 불똥이 튀어 불이 붙을까 봐 아주 무서워했다. 허수아비는 불에서 멀찍이 있다가 도로시가 잠들었을 때 낙엽을 덮어 주러 딱 한 번 가까이 왔다. 낙엽은 아주 따뜻하고 포근해서 도로시는 아침이 올 때까지 깊게 잠들 수 있었다.

날이 밝았다. 도로시는 졸졸거리는 작은 개울에서 세수를 하고 에메랄드 시를 향해 출발했다. 이날은 다사다난한 날이었다. 채 한 시간도 걷기 전에 반대편 숲이 겨우 보일 정도로 넓은 계곡을 만났다. 가장자리로 기어가서 아래를 내려다보니 아주 깊었고 바닥에는 크고 울퉁불퉁한 바위들이 많았다. 길이 아주 가팔라서 계곡으로는 아무도 내려갈 수 없었다. 그 순간 그들의 여행은 끝난 것 같았다.

"이제 어떻게 하지?"

도로시가 절망적으로 물었다.

"아무 생각도 나지 않아."

양철 나무꾼이 대답했다. 사자는 텁수룩한 갈기가 달린 머리를 설레설레 흔들었다.

하지만 허수아비는 이렇게 말했다.

"당연히 우리는 날 수 없고 절벽 아래로 내려갈 수도 없고 계곡을 뛰어넘을 수도 없으니까 여기서 멈춰야 해."

"난 계곡을 뛰어넘을 수 있을 것 같아."

겁쟁이 사자가 거리를 가늠해 보며 말했다.

"그러면 됐다. 네가 우릴 한 명씩 등에 태우고 건너가면 돼."

허수아비가 말했다.

"해 볼게. 누가 제일 먼저 탈래?"

사자가 물었다.

"내가 먼저 탈게. 네가 저 계곡을 건너지 못한다면 도로시는 죽을 거고, 양철 나무꾼은 바위에 끔찍하게 찌그러질 테니까. 하지만 나는 네 등에 타고만 있으면 떨어져도 다치지 않거든."

허수아비가 대답했다.

"나도 떨어질까 봐 무서워. 하지만 해 보는 수밖에 없지 뭐. 내 등에 올라타, 한번 시도해 보자."

겁쟁이 사자가 말했다.

허수아비는 사자의 등에 올라탔고 사자는 절벽 가까이로 걸어가서 커다란 몸을 웅크렸다.

"왜 달려와서 뛰어오르지 않니?"

허수아비가 물었다.

"사자들은 그런 식으로 뛰어오르지 않아."

이 말을 하고 사자는 훌쩍 공중으로 날아올라 반대편에 안전하게 착지했다. 모두 사자가 쉽게 해내는 것을 보고 기뻐했다. 허수아비가 내리고 나서 사자는 다시 반대편으로 뛰어올랐다.

도로시가 다음에 가기로 했다. 도로시는 한 손으로 토토를 팔에 안고 사자의 등에 올라타 다른 손으로 사자의 갈기를 꽉 안았다. 다음 순간 그녀는 공중을 날고 있었다. 그리고 무엇을 생각할 겨를도 없이 안전하게 반대편으로 건너왔다. 사자는 다시 건너갔고 양철 나무꾼을 태우고 돌아왔다. 넓은 계곡을 건너다니느라 숨이 턱까지 찬 사자를 위해 잠시 쉬었다. 사자는 한참 뛰어다닌 커다란 강아지처럼 헐떡거렸다.

사자가 휴식을 취한 다음에 그들은 노란 벽돌 길을 따라 걸었다. 건너편 숲은 매우 깊고 어둡고 음침했다. 과연 숲이 끝나 다시 밝은 햇빛을 볼 수 있을지 모두 불안해하며 조용히 걸었다. 얼마 가지 않아 깊은 숲속에서 이상한 소리가 들려와서 그들의 마음은 더 불안해졌다. 그 소리를 듣고 사자는 이 숲에 칼리다가 산다고 알려 주었다.

"칼리다가 뭐야?"

도로시가 물었다.

"몸은 곰, 머리는 호랑이 같은 무서운 짐승이야. 내가 토토를 쉽게 죽일 수 있듯이 그들은 길고 날카로운 발톱으로 나를 둘로 찢어 버릴 수 있어. 난 칼리다가 정말 무서워."

사자가 대답했다.

"정말 그렇겠다. 칼리다는 분명히 끔찍한 짐승일 거야."

도로시가 대답했다.

사자가 무언가 말을 하려고 했을 때 갑자기 그들 앞에 또 다른 계곡이 나왔다. 이 계곡은 너무 깊고 넓어서 사자는 한눈에 자신이 뛰어넘지 못하리라는 것을 알았다.

그래서 그들은 앉아서 어떻게 해야 할지 고민하기 시작했다. 진지하게 생각한 후에 허수아비가 말했다.

"계곡 옆에 커다란 나무가 있으니까 양철 나무꾼이 그 나무를 베어 저쪽 편까지 넘어뜨릴 수 있다면 우린 나무다리를 밟고 쉽게 계곡을 건너갈 수 있을 거야."

"정말 좋은 생각이다. 남들이 네 머리에는 지푸라기 대신 뇌가 들어 있는 줄 알겠는걸."

사자가 말했다.

양철 나무꾼은 즉시 일을 시작했다. 날카로운 도끼로 순식간에 나무가 넘어갈 정도로 베었다. 사자가 나무에 앞발을 올려놓고 온 힘을 다해 밀었다. 그러자 커다란 나무의 꼭대기가 천천히 계곡 반대편으로 넘어갔다.

그들이 이 외나무다리를 건너기 시작했을 때 날카로운 울음소리가 들려서 모두 고개를 돌렸다. 몸은 곰 같고 머리는 호랑이 같은 두 마리의 거대한 짐승이 달려오는 모습을 보고 그들은 공포에 질렸다.

"칼리다다!"

겁쟁이 사자가 떨면서 말했다.

"빨리! 빨리 건너가."

허수아비가 외쳤다.

도로시가 먼저 토토를 팔에 안고 갔고 그다음에 양철 나무꾼이, 그다음에 허수아비가 건너갔다. 사자는 아주 무서웠지만 칼리다를 마주하고 서서 크고 무서운 울음소리를 냈다. 그 소리에 도로시는 놀라 비명을 질렀고 허수아비는 털썩 주저앉았다. 무서운 짐승들도 놀라서 잠시 걸음을 멈추고 사자를 쳐다보았다.

하지만 자신들이 사자보다 더 크고 수가 많다는 것을 알아챈 칼리다는 다시 앞으로 달려왔다. 사자는 외나무다리를 건너고 나서 뒤돌아 그들이 어떻게 하는지 보았다. 무서운 짐승들은 잠시도 멈추지 않고 다리를 건너기 시작했다.

사자가 도로시에게 말했다.

"우린 끝났어. 칼리다가 저 날카로운 발톱으로 우릴 조각조각 낼 거야. 하지만 내 뒤에 서 있어. 내가 살아 있는 한 저들과 싸울게."

"잠깐만!"

허수아비가 외쳤다. 어떻게 하는 것이 가장 좋을지 생각하던 허수아비는 나무꾼에게 계곡에 걸쳐 있는 나무다리를 도끼로 끊어 버리라고 했다. 양철 나무꾼은 당장 도끼로 나무다리를 찍기 시작했고, 두 마리의 칼리다가 거의 다 건너올 무렵 외나무다리는 끔찍한 짐승과 함께 절벽 아래로 떨어졌다. 두 마리의 칼리다는 계곡 아래의 날카로운 바위에 부딪혀 산산조각 났다.

"목숨을 부지할 수 있게 돼서 정말 다행이다. 죽는다는 건 정말 불행한 일이야. 저 짐승들이 날 너무 무섭게 해서 아직도 심장이 뛰어."

사자가 말했다.

"오, 나도 쿵쿵대는 심장이 있었으면 좋겠어."

양철 나무꾼이 슬프게 말했다.

이런 일을 겪자 일행들은 어서 빨리 숲을 벗어나고 싶어 했다. 그들이 너무 빨리 걷는 바람에 도로시는 지쳐서 사자의 등을 타고 가기로 했다. 다행히 앞으로 갈수록 나무는 점점 드문드문해졌고 오후에는 넓고 물살이 센 강에 도착했다. 강 건너편의 녹색 초원에는 형형색색의 꽃이 피어 있고 나무에는 맛있는 과일이 주렁주렁 열려 있었다. 그 사이로 노란 벽돌 길이 보였다. 그들은 이 아름다운 풍경을 보고 기뻐했다.

"어떻게 강을 건너지?"

도로시가 물었다.

"그건 쉽지. 양철 나무꾼이 뗏목을 만들어 주면 쉽게 저쪽으로 건너갈 수 있을 거야."

허수아비가 말했다.

양철 나무꾼은 도끼를 들고 작은 나무를 잘라 뗏목을 만들기 시작했다. 그동안 허수아비는 강둑에서 맛있는 과일이 잔뜩 달린 나무를 발견했다. 하루 종일 도토리밖에 먹지 못한 도로시는 정말 기뻤다. 도로시는 잘 익은 과일로 배를 채웠다.

양철 나무꾼처럼 근면하고 지치지 않는 사람도 뗏목을 만드는 데는 시간이 좀 걸렸다. 뗏목이 다 완성되기도 전에 밤이 찾아왔다. 그들은 나무 아래 아늑한 장소를 찾아 아침까지 잠을 잤다. 도로시는 에메랄드 시로 가서 오즈의 마법사를 만나는 꿈을 꾸었다. 그는 순식간에 그녀를 집으로 보내 주었다.

8
죽음의 양귀비 꽃밭

다음 날 아침, 친구들은 희망에 가득 차서 일어났다. 도로시는 강 근처에 있는 복숭아와 자두나무의 열매로 공주처럼 아침식사를 했다. 그들 뒤로 어두운 숲이 있었다. 그 숲에서 그들은 숱한 어려움을 겪었지만 무사히 빠져나왔다. 그리고 앞에는 아름답고 밝게 빛나는 초원이 있었다. 마치 에메랄드 시로 오라고 손짓하는 것 같았다.

지금은 넓은 강이 아름다운 나라와 그들 사이를 가로막고 있었다. 양철 나무꾼이 나무를 몇 개 더 베고 나무못으로 연결해서 뗏목이 완성되어 떠날 준비가 끝났다.

도로시는 토토를 팔에 안고 뗏목의 가운데에 앉았다. 크고 무거운 겁쟁이 사자가 뗏목에 올라타자 뗏목이 흔들거렸다. 하지만 허수아비와 양철 나무꾼이 반대편에 올라타서 뗏목의 균형이 잡혔다. 허수아비는 기다란 장대를 손에 들고 강 건너편을 향해 밀었다. 처음에는 순조로웠지만 강 한가운데서 빠른 물살이 뗏목을 아래로 끌고 가 노란 벽돌 길에서 점점 더 멀어져 버렸다. 게다가 강이 깊어져서 장대도 바닥에 닿지 않았다.

"이것 참 상황이 안 좋군. 만약 강 건너편에 닿지 못하면 강물은 우리를 서쪽의 사악한 마녀의 나라로 데려다 줄 거야. 마녀가 우리에게 마법을 걸어 노예로 삼겠지."

양철 나무꾼이 말했다.

"그러면 난 뇌도 얻지 못하겠군."

허수아비가 말했다.

"나는 용기를 얻지 못할 거야."

겁쟁이 사자가 말했다.

"난 심장을 얻지 못하겠지."

양철 나무꾼이 말했다.

"난 절대 캔자스로 돌아가지 못할 거야."

도로시가 말했다.

"우린 반드시 에메랄드 시로 가야 해."

허수아비가 그 말을 하면서 기다란 장대를 힘차게 꽂았고 장대는 그만 강바닥의 진흙에 푹 박혀 버렸다. 그때 뗏목이 움직였고 장대를 잡고 있던 허수아비는 강 한가운데에 홀로 남겨졌다.

"잘 가!"

허수아비는 친구들에게 인사했다. 친구들은 그를 두고 가게 되어 매우 슬펐다. 양철 나무꾼은 울기 시작했지만, 울면 턱이 녹슨다는 것을 깨닫고 도로시의 앞치마로 눈물을 닦았다.

허수아비에게도 참 안된 일이었다.

'도로시를 처음 만났을 때보다 상황이 더 안 좋아졌군.'

허수아비는 생각했다.

'그때 난 옥수수 밭의 장대에 걸려서 까마귀를 겁주는 일이라도 했었는데. 강 한가운데의 장대에 걸려 있는 허수아비는 아무 소용도 없잖아. 다시는 뇌를 얻지 못할까 봐 두려워!'

뗏목은 강 아래로 계속 흘러갔고 불쌍한 허수아비는 뒤에 남겨졌다.

사자가 말했다.

"뭔가 다른 방법을 찾아야만 해. 내가 수영을 해서 건너편까지 뗏목을 끌고 갈게. 내 꼬리를 꽉 잡고 있어."

사자는 물로 뛰어들었고 양철 나무꾼은 사자의 꼬리를 꽉 잡았다. 사자는 온 힘을 다해 강 건너편까지 수영하기 시작했다. 사자는 아주 힘이 셌지만 그래도 힘든 일이었다. 하지만 조금씩 그들은 물살에서 빠져나왔다. 도로시는 양철 나무꾼이 들고 있던 긴 장대를 가지고 뗏목을 강가까지 밀었다.

마침내 그들은 강가의 예쁜 푸른 풀밭 위에 발을 디뎠다. 모두 지쳐 버렸다. 강물은 그들을 에메랄드 시로 안내해 주는 노란 벽돌 길에서 한참 떨어진 곳으로 데려왔다.

"이제 어떻게 하지?"

양철 나무꾼이 잔디 위에 엎드려 몸을 말리고 있는 사자에게 물었다.

"우린 노란 벽돌 길이 있는 곳으로 가야 해."

도로시가 말했다.

"가장 좋은 방법은 노란 벽돌 길이 나올 때까지 강을 따라 올라가는 거야."

사자가 말했다.

그들은 잠깐 쉰 다음 강을 따라 올라가기 시작했다. 푸른 초원은 많은 꽃과 과일나무가 있고 태양이 밝게 비치는 아름다운 곳이었다. 그들은 불쌍한 허수아비 때문에 아주 행복할 수는 없었지만 기분이 좋아졌다.

도로시가 예쁜 꽃을 꺾기 위해 한 번 멈추긴 했지만 그들은 할 수 있는 한 빨리 걸었다. 얼마 후에 양철 나무꾼이 외쳤다.

"봐!"

강 한가운데 슬프고 외롭게 장대에 꽂혀 있는 허수아비가 보였다.

"어떻게 해야 허수아비를 구할 수 있을까?"

도로시가 물었다.

사자와 양철 나무꾼은 둘 다 머리를 흔들었다. 그들은 강가에 앉아서 아쉬운 듯이 허수아비를 바라보았다. 그때 황새 한 마리가 날아가다가 그들을 보고 강가에 내려앉았다.

"너희는 누구고 어디로 가는 거야?"

황새가 물었다.

"난 도로시야. 그리고 이들은 내 친구 양철 나무꾼과 겁쟁이 사자야. 우린 에메랄드 시로 가고 있어."

도로시가 말했다.

"여긴 에메랄드 시로 가는 길이 아니야."

황새가 기다란 목을 꼬고 이상한 일행들을 날카롭게 쳐다보며 말했다.

"나도 알아. 하지만 우린 허수아비와 떨어져서 어떻게 하면 그와 다시 만날 수 있을까 고민하는 중이야."

도로시가 말했다.

"허수아비는 어디 있는데?"

황새가 물었다.

"저기 강 한가운데에."

도로시가 대답했다.

"허수아비가 너무 크고 무겁지 않다면 내가 가서 데려올게."

황새가 말했다.

"허수아비는 지푸라기로 만들어져서 전혀 무겁지 않아. 그를 데려다 준다면 정말 고맙겠어."

도로시가 신이 나서 말했다.

"그럼, 해 볼게. 하지만 허수아비가 너무 무거우면 강에 빠뜨릴 거야."

황새가 말했다.

커다란 새는 장대에 매달린 허수아비가 있는 강 한가운데로 날아갔다. 황새는 커다란 발톱으로 허수아비의 팔을 잡고 도로시와 사자와 양철 나무꾼과 토토가 앉아 있는 강가로 돌아왔다.

허수아비는 다시 친구들에게 돌아와서 너무 행복해서 사자와 토토까지 안아 주었다. 그들과 함께 걸으면서 허수아비는 기분이 좋아 걸음걸음마다 콧노래를 불렀다.

"강 위에 영원히 있게 될까 봐 무서웠어. 하지만 친절한 황새가 날 살려 줬지. 내가 뇌를 얻고 나서 황새를 다시 만나면 보답을 해 줄 거야."

허수아비가 말했다.

"괜찮아. 난 어려움에 처한 이들을 돕는 걸 즐기거든. 이제 가야겠다. 아기들이 둥지에서 날 기다리고 있거든. 무사히 에메랄드 시에 가서 오즈에게 도움을 받길 바랄게."

그들 위에서 날고 있던 황새가 말했다.

"고마워."

도로시가 대답했다. 친절한 황새는 금방 날아가 버렸다.

그들은 형형색색의 새들이 지저귀는 소리를 들으면서 아름다운 꽃들이 카펫처럼 깔려 있는 길을 걸었다. 노란색, 하얀색, 파란색, 보라색의 커다란 꽃이 피어 있었고 옆으로는 눈이 부실 정도로 찬란한 주홍색 양귀비꽃이 잔뜩 피어 있었다.

"정말 아름답지 않니?"

도로시가 예쁜 꽃들의 강한 향기를 맡으며 물었다.

"그런 것 같아. 내가 뇌가 있었으면 저 꽃들을 더 좋아하겠지."

허수아비가 말했다.

"나도 심장이 있었으면 저 꽃들을 사랑했을 거야."

양철 나무꾼도 말했다.

"난 항상 꽃을 좋아했어. 꽃은 무력하고 연약하잖아. 하지만 숲속에 이토록 예쁜 꽃은 없었어."

사자가 말했다.

커다란 주홍색 양귀비는 점점 더 많아졌고 다른 꽃들은 점점 적어졌다. 어느 순간 그들은 거대한 양귀비 들판 한가운데에 와 있었다. 양귀비꽃이 한꺼번에 많이 피어 있으면 그 향기가 너무 강해서, 향기를 들이마시는 사람들은 잠에 빠지고, 그곳에서 벗어나지 않으면 영원히 잠든다는 것은 잘 알려진 사실이다. 하지만 도로시는 그런 줄도 모르고 예쁜 주홍색 꽃들에서 멀어지려 하지 않았다. 조금씩 도로시의 눈은 무거워졌고 잠깐

앉아서 잠을 자고 싶었다.

하지만 양철 나무꾼은 도로시를 그냥 놔두지 않았다.

"어두워지기 전에 노란 벽돌 길까지 가야 해."

양철 나무꾼이 말했고 허수아비도 동의했다. 그래서 그들은 도로시가 더 이상 걷지 못할 때까지 계속 갔다. 도로시는 자신도 어쩔 수 없이 눈이 감겼고 자신이 어디에 있는지도 잊어버

린 채 양귀비 꽃밭 위로 쓰러져서 잠들었다.

"우리 이제 어쩌지?"

양철 나무꾼이 물어보았다.

"여기에 도로시를 놔두면 죽을 거야. 이 꽃향기는 우리 모두를 죽일 거야. 나도 눈을 뜨고 있기 힘들어. 강아지도 벌써 잠들었어."

사자가 말했다.

그건 사실이었다. 토토도 주인 옆에서 잠들어 있었다. 하지만 피와 살로 이루어지지 않은 양철 나무꾼과 허수아비는 강한 꽃향기에도 아무 문제없었다.

"넌 빨리 달려가. 그래서 할 수 있는 한 빨리 양귀비 꽃밭을 벗어나. 도로시는 우리가 데리고 갈게. 만약 네가 잠들면 너무 무거워서 옮길 수가 없어."

허수아비가 사자에게 말했다.

사자는 당장 일어나 앞으로 빠르게 달려갔고 순식간에 눈에서 멀어졌다.

"우리 둘이 팔을 엮어서 의자를 만들어서 도로시를 옮기자."

허수아비가 말했다. 그들은 팔로 의자를 만들어 잠자는 도로시를 태우고, 토토를 집어 도로시의 무릎에 올려놓고 꽃밭을 걸었다.

그들을 둘러싼 죽음의 꽃밭은 도저히 끝날 것 같지가 않았다. 그들은 강을 따라 올라갔고 결국 양귀비 꽃 속에서 자고 있는 사자를 발견했다. 꽃향기가 너무 강해서 그처럼 커다란 짐승도 푸른 들판이 펼쳐진 꽃밭의 끝을 얼마 남겨 두지 않고 결국 잠들어 버렸다.

"우리가 사자를 옮길 수는 없어. 너무 무거워서 들 수가 없잖아. 그냥 사자가 영원히 잠을 자게 놔두는 수밖에 없어. 마침내 용기를 얻는 꿈을 꿀지도 몰라."

양철 나무꾼이 슬프게 말했다.

"정말 안됐다. 겁 많은 사자는 정말 좋은 동무였는데. 우리는 계속 가는 수밖에."

허수아비가 말했다.

그들은 잠든 도로시가 꽃향기를 들이마시지 않게 양귀비 꽃밭에서 멀리 떨어진 강가의 예쁜 장소로 데려갔다. 부드러운 잔디 위에 도로시를 눕히고 신선한 공기가 그녀를 깨울 때까지 기다렸다.

9
들쥐의 여왕

"이제 노란 벽돌 길이 얼마 남지 않았어. 드디어 강이 우리를 옮겨다 놓은 만큼 다시 온 거지."

도로시 옆에 서 있던 허수아비가 말했다.

양철 나무꾼이 대답하려는 순간, 낮게 으르렁거리는 소리가 들려서 부드럽게 잘 움직이는 머리를 돌려 보니 이상한 짐승이 들판을 뛰어오는 것이 보였다. 그것은 누런 살쾡이였는데, 무엇을 쫓고 있는 것 같았다. 귀를 뒤로 젖히고 입을 크게 벌리고 두 줄의 무서운 이빨을 드러내고 눈은 빨갛게 불을 켠 것처럼 번뜩였다. 살쾡이가 가까이 왔을 때 양철 나무꾼은 그 짐승 앞에 작은 회색 들쥐가 도망가고 있는 것을 보았다. 나무꾼 자신도 알다시피 그는 심장이 없었지만 살쾡이가 그렇게 귀엽고 무해

한 생명을 죽이는 것은 잘못된 것 같았다.

나무꾼은 도끼를 들어 살쾡이의 목을 댕강 잘랐다. 살쾡이는 두 조각이 되어 그의 발밑에 굴렀다. 적에게서 자유로워진 들쥐는 천천히 나무꾼에게 와서 찍찍대는 작은 목소리로 말했다.

"고마워요. 제 생명을 구해 줘서 정말 고마워요."

"괜찮아요. 저는 심장이 없어서 친구가 필요한 이들을 신경 써서 돕지요. 그게 겨우 작은 쥐라고 해도요."

양철 나무꾼이 말했다.

"겨우 작은 쥐라니요. 저는 모든 들쥐의 여왕이랍니다!"

작은 들쥐가 분개하며 외쳤다.

"오, 그래요?"

양철 나무꾼은 고개 숙여 인사했다.

"당신은 들쥐 여왕을 구한 훌륭한 일을 한 거지요."

여왕이 말했다.

그때 들쥐 몇 마리가 재빨리 달려오더니 여왕에게 말했다.

"오, 여왕님, 돌아가신 줄 알았습니다! 어떻게 살쾡이에게서 도망치셨나요?"

그들 모두 여왕에게 땅에 닿을 정도로 고개를 푹 숙이며 말했다.

"이 우습게 생긴 양철 인간이 살쾡이를 죽이고 나를 구해 주었지. 그러니 이제부터 그를 잘 모시도록 해라. 그의 작은 부탁

이라도 들어주렴."

여왕이 대답했다.

"알겠습니다!"

모든 쥐가 찍찍대며 합창했다. 그때 잠에서 깨어난 토토가 쥐들을 보고 기뻐하며 한 번 멍 하고 짖고 나서 들쥐 떼 한가운데로 뛰어들었다. 쥐들은 순식간에 사방으로 흩어졌다. 토토는 쥐를 해치지는 않았지만 캔자스에서도 항상 쥐를 쫓는 것을 좋아했다. 들쥐들이 놀라 달아나자 양철 나무꾼은 토토를 팔에 꽉 안고 들쥐들을 불렀다.

"돌아와! 돌아와! 토토는 너희를 해치지 않아."

이 말에 수풀 아래 숨어 있던 여왕 들쥐는 머리를 내밀고 소심한 목소리로 물었다.

"정말 그 개가 우릴 물지 않나요?"

"내가 그러도록 놔두지 않을 거야. 그러니 두려워하지 마."

나무꾼이 말했다.

들쥐들이 한 마리씩 돌아왔고 토토는 나무꾼의 팔에서 빠져나오려고 양철 팔을 물어 댔지만, 짖지는 않았다. 마침내 가장 큰 들쥐 한 마리가 말을 꺼냈다.

"여왕님을 구해 주신 걸 보답하기 위해 우리가 도와줄 일이라도 있습니까?"

"없는 것 같은데."

양철 나무꾼이 대답했다. 그러나 머리가 짚으로 채워졌지만 생각을 해 보던 허수아비가 재빨리 말했다.

"있어. 양귀비 꽃밭에서 자고 있는 우리 친구, 겁쟁이 사자를 구해 줘."

"사자! 사자는 우릴 모두 잡아먹을 거예요."

작은 여왕이 외쳤다.

"아니에요. 그 사자는 겁쟁이랍니다."

허수아비가 말했다.

"정말입니까?"

쥐가 물었다.

"자기 입으로 그렇게 말했어요. 그리고 우리 친구라면 아무도 해치지 않는답니다. 우리를 도와 사자를 구해 준다면 사자가 당신들에게 친절히 대할 거라고 약속할 수 있어요."

허수아비가 대답했다.

"좋아요. 당신을 믿겠어요. 하지만 어떻게 돕죠?"

여왕이 물었다.

"당신을 여왕이라 부르고 당신에게 기꺼이 복종하는 쥐들이 많이 있나요?"

"오, 그럼요. 수천은 되죠."

여왕이 대답했다.

"그러면 그들 모두에게 가능한 한 빨리 긴 끈을 가져오라고 하세요.”

여왕은 쥐들을 향해 다른 쥐들을 당장 불러 모아 오라고 했다. 여왕의 명령을 듣자마자 들쥐들은 사방으로 뛰어갔다.

“이제 너는 강가에 있는 나무를 베어 사자를 실을 수레를 만들어 오는 거야.”

허수아비가 양철 나무꾼에게 말했다.

나무꾼은 당장 나무를 베기 시작했다. 그는 나무의 잔가지와 잎을 모두 쳐내고 나뭇가지로 수레를 만들기 시작했다. 가지를 나무못으로 고정하고, 커다란 나무 둥치를 짧게 잘라 네 개의 바퀴를 만들었다. 나무꾼은 일을 빠르게 잘해서 들쥐들이 다시 돌아왔을 무렵에는 수레가 완성되어 있었다.

수천 마리의 커다란 쥐, 작은 쥐, 보통 쥐들이 사방에서 모였다. 그리고 모두 입에 긴 끈을 물고 있었다. 이때 긴 잠에서 깨어난 도로시는 수천 마리 들쥐가 자신을 수줍게 바라보고 있어서 깜짝 놀랐다. 하지만 허수아비가 모든 것을 말해 주었고, 여왕 들쥐에게 돌아서서 말했다.

“들쥐 여왕님을 소개해 줄게.”

도로시는 엄숙하게 여왕에게 고개 숙여 인사했다. 여왕 들쥐와 도로시는 곧 친해져서 여왕 들쥐는 도로시에게 자신을 부를 때 쓰라고 호루라기 목걸이를 선물로 주었다.

허수아비와 양철 나무꾼은 이제 들쥐들이 가져온 끈으로 들쥐들을 수레에 묶기 시작했다. 한쪽 끝은 들쥐의 목에, 다른 끝은 수레에 묶었다. 들쥐에 비하면 수레는 수천 배는 컸지만 모든 들쥐들을 연결하고 나니 쉽게 움직였다. 허수아비와 양철 나무꾼은 들쥐들이 끄는 수레를 타고 사자가 잠자는 곳으로 갔다.

그들은 아주 애쓴 끝에 무거운 사자를 수레에 실을 수 있었다. 여왕 들쥐는 양귀비 꽃밭에 너무 오래 있으면 들쥐들이 잠들까 봐 걱정이 되어 신하들에게 얼른 출발하라고 명령했다. 작은 들쥐들이 아주 많았지만 처음에 사자를 실은 수레는 꼼짝도 하지 않았다. 하지만 양철 나무꾼과 허수아비가 뒤에서 밀어 주자 조금씩 움직이기 시작했다. 곧 그들은 사자를 양귀비 꽃밭에서 푸른 들판으로 데리고 올 수 있었다. 그곳에서 독이 가득한 꽃향기 대신 달콤하고 신선한 공기를 들이쉬게 했다.

도로시는 작은 들쥐들에게 친구의 목숨을 구해 줘서 고맙다고 따뜻하게 인사했다. 도로시는 커다란 사자와 정이 들었던 터라 그가 구출되자 정말 기뻤다. 수레에서 들쥐들을 풀어 주자 그들은 수풀 사이의 자신들의 집으로 뛰어갔다. 여왕 들쥐가 마지막으로 떠났다.

"우리가 또 필요하면 들판으로 나와 불러 주세요. 그러면 또 도와줄게요. 안녕!"

"잘 가요!"

여왕 들쥐가 달려가는 동안 모두 인사했다. 도로시는 토토가 여왕을 쫓아가지 못하게 꽉 잡고 있었다.

그들은 사자가 깨어날 때까지 옆에서 기다렸다. 그동안 허수아비는 도로시를 위해 근처의 나무에서 과일을 따 왔고 도로시는 저녁으로 과일을 먹었다.

10
에메랄드 시의 문지기

양귀비 꽃밭에서 죽음의 향기를 많이 마신 겁쟁이 사자가 깨어나기까지는 시간이 좀 걸렸다. 눈을 뜬 사자는 수레에서 내려와서 자신이 아직도 살아 있다는 것을 아주 기뻐했다.

"난 최선을 다해 달렸어."

사자가 하품을 하며 앉아서 말했다.

"하지만 꽃향기가 너무 강했지. 어떻게 그 꽃밭에서 날 꺼냈어?"

그들은 사자에게 들쥐들이 그를 구해 준 사실을 말해 주었다. 겁쟁이 사자는 웃으며 말했다.

"난 항상 내가 엄청나게 큰 무서운 동물이라고 생각했어. 하지만 꽃이 나를 죽일 뻔하고, 쥐처럼 작은 동물이 내 목숨을 구하다니. 정말 이상하군! 그런데 친구들, 이제 어떻게 하지?"

"노란 벽돌 길이 나올 때까지 계속 가야 해. 그래야 에메랄드 시로 갈 수 있어."

도로시가 말했다.

사자가 완전히 회복하고 나서 그들은 여행을 시작했다. 부드럽고 신선한 풀밭을 걷는 일은 정말 즐거웠다. 곧 노란 벽돌 길에 닿았고 그들은 오즈의 마법사가 사는 에메랄드 시를 향해 전진했다.

이제 길도 잘 포장되어 있었고 풍경도 아름다웠다. 여행자들은 숲을 떠나 그들이 맞닥뜨렸던 많은 위험의 그림자를 뒤로 할 수 있어서 즐거웠다. 길가에 녹색으로 칠해진 담장이 보였다. 분명히 사람이 살고 있는 것 같은 작은 집도 역시 녹색이었다. 그들은 오후 동안 집 몇 채를 지나갔고 때때로 사람들은 궁금한 듯이 문 앞으로 나와 그들을 바라보았다. 하지만 커다란 사자 때문에 무서워서 아무도 가까이 다가와 말을 걸지 않았다. 사람들은 모두 아름다운 에메랄드그린 색의 옷을 입고 있었고 먼치킨들처럼 뾰족한 모자를 쓰고 있었다.

"여기가 오즈의 나라일 거야. 에메랄드 시에 거의 다 왔나 봐."

도로시가 말했다.

"그래. 먼치킨이 가장 좋아하는 색이 파랑색이듯 이곳은 모든 것이 녹색이군. 하지만 사람들은 먼치킨처럼 친절하지는 않은 것 같아. 밤을 보낼 곳을 찾기 힘들겠는걸."

허수아비가 말했다.

"난 이제 과일 말고 다른 걸 먹었으면 해."

도로시가 말했다.

"토토도 굶어 죽을 지경이야. 다음 집이 나오면 들러서 부탁해 보자."

그래서 그들은 꽤 큰 농장으로 갔다. 도로시는 용감하게 문을 두드렸다.

한 여자가 겨우 밖을 내다볼 수 있을 만큼만 문을 열더니 말했다.

"원하는 게 뭐니? 그리고 저 커다란 사자는 왜 같이 다니는 거지?"

"우린 하룻밤 묵을 곳이 필요해요."

도로시가 대답했다.

"그리고 사자는 저의 친구예요. 아무도 해치지 않을 거예요."

"길들여진 사자니?"

여자가 조금 더 문을 열며 말했다.

"그럼요. 게다가 겁쟁이라서 당신이 사자를 두려워하는 만큼 사자도 당신을 무서워할 거예요."

도로시가 말했다.

"그렇다면 들어와도 좋아. 저녁과 잠자리를 마련해 줄게."

여인이 사자를 흘깃 보더니 잠시 생각해 보고 말했다.

그래서 모두 집으로 들어갔다. 여자 옆에는 두 아이와 남자가 있었다. 남자는 다리를 다쳐서 소파에 누워 있었다. 그들은 이상한 일행들이 들이닥쳐서 깜짝 놀란 것 같았다. 여자가 저녁 준비를 하는 동안 남자가 물어보았다.

"모두 어디로 가는 거니?"

"에메랄드 시로 가요. 오즈의 마법사를 만나려고요."

도로시가 대답했다.

"오즈가 정말 너희를 만나 줄 것 같니?"

남자가 외쳤다.

"왜 안 만나 주겠어요?"

도로시가 물었다.

"그는 아무에게도 자기 모습을 보여 주지 않아. 난 에메랄드 시에 많이 가 봤지. 그곳은 아름답고 환상적인 도시야. 하지만 한 번도 오즈의 마법사를 만날 수는 없었단다. 게다가 지금까지 오즈를 만난 사람은 아무도 없어."

"절대 밖으로 나오지 않나요?"

허수아비가 물었다.

"절대로. 그는 성안의 왕실에 들어앉아 있지. 그의 시중을 드는 사람조차 그의 얼굴을 본 적이 없어."

"오즈는 어떻게 생겼죠?"

도로시가 물었다.

"뭐라 말하기 어려워. 오즈는 위대한 마법사라서 자유자재로 모습을 바꿀 수 있지. 그래서 어떤 사람은 그가 새의 모습이라고 하고 어떤 사람은 코끼리라고 해. 어떤 사람은 고양이 같다고도 하지. 어떤 사람은 아름다운 요정의 모습이라고도 해. 하지만 진짜 오즈의 모습은 아무도 모른단다."

남자가 생각에 잠겨 말했다.

"정말 이상하군요. 하지만 우린 그를 만나 볼래요. 그렇지 않으면 이 여행이 아무 소용도 없거든요."

도로시가 말했다.

"왜 그 무서운 오즈를 만나려는 거니?"

남자가 물었다.

"저는 그에게 뇌를 달라고 할 거예요."

허수아비가 신나서 말했다.

"오즈는 뇌를 많이 가지고 있으니까 쉬운 일일 거야."

남자가 말했다.

"그리고 저는 심장을 달라고 할 거예요."

양철 나무꾼이 말했다.

"그것도 별 문제 아니야. 오즈는 모든 크기와 모양의 심장을 가지고 있거든."

남자가 말했다.

"난 그에게 용기를 달라고 할 거예요."

겁쟁이 사자가 말했다.

"오즈는 왕실에 용기로 가득 찬 커다란 단지를 가지고 있지. 흘러넘칠까 봐 금 뚜껑으로 덮어 놓았대. 아마 기꺼이 조금 덜어 줄 거야."

남자가 말했다.

"전 캔자스로 돌아가게 해 달라고 할 거예요."

도로시가 말했다.

"캔자스가 어디야?"

남자가 놀라서 물었다.

"나도 몰라요. 하지만 그곳이 내 집이에요. 분명히 어디엔가 있을 거예요."

도로시가 슬프게 말했다.

"오즈는 무엇이든 할 수 있으니까 너를 위해 캔자스가 어디 있는지도 찾아 줄 거야. 하지만 그를 만나려면 힘든 과정을 거쳐야 해. 왜냐하면 위대한 마법사는 아무나 만나 주지 않거든. 항상 자기 뜻대로 하시지. 너는 원하는 게 뭐니?"

남자는 토토에게 물어보았다. 말을 못 하는 토토는 그를 향해 꼬리만 흔들 뿐이었다.

여자는 저녁이 준비되었다고 알렸고 그들은 식탁에 둘러앉았다. 도로시는 맛있는 죽과 달걀 스크램블과 하얀 빵을 맛있게 먹었다. 사자는 죽을 조금 맛보더니 귀리로 만든 죽은 사자가 아닌 말이나 먹는 것이라면서 더 이상 먹지 않았다. 허수아비와 양철 나무꾼은 아무것도 먹지 않았다. 모든 것을 조금씩 먹은 토토는 제대로 된 식사를 할 수 있어서 행복했다.

여자는 도로시에게 방을 안내했다. 토토는 주인 옆에 누웠고 사자는 도로시가 자는 동안 아무도 방해하지 않도록 방문 앞에 자리를 잡았다. 허수아비와 양철 나무꾼은 잠을 자지 않아서 한쪽 구석에 밤새 서 있었다.

다음 날 아침 일찍 그들은 다시 길을 떠났다. 곧 아름다운 녹색으로 물든 하늘이 보였다.

"저곳이 에메랄드 시일 거야."

도로시가 말했다.

걸어갈수록 녹색 빛이 점점 더 강해졌다. 드디어 그들의 여행이 끝난 것 같았다. 오후가 되기 전에 그들은 에메랄드 시의 성벽에 닿았다. 밝은 녹색으로 된 성벽은 높고 두꺼웠다.

노란 벽돌 길이 끝나는 곳에 커다란 문이 있었다. 문에는 에메랄드가 박혀서 햇빛에 눈부시게 빛나고 있었다. 물감으로 그린 허수아비의 눈조차 눈부실 지경이었다.

문 옆에는 종이 있었다. 도로시가 종을 울렸고 낭랑한 종소리가 울려 퍼졌다. 그때 커다란 문이 천천히 열렸다. 그들은 모두 문을 지나 천장이 높은 방으로 들어갔다. 벽에는 셀 수 없이

많은 에메랄드가 빛나고 있었다.

그들 앞에는 먼치킨만큼 키가 작은 남자가 서 있었다. 그는 머리에서 발끝까지 모두 녹색으로 된 옷을 입고 있었다. 그의 피부조차 녹색 물이 든 것 같았다. 그 옆에는 커다란 녹색 상자가 있었다.

그는 도로시와 친구들에게 물어보았다.

"에메랄드 시에는 무슨 일로 왔지?"

"우린 오즈의 마법사를 만나러 왔어요."

도로시가 말했다.

이 말을 듣고 놀란 남자는 앉아서 생각해 보았다.

"오즈 님을 만나 보겠다는 사람은 몇 년 만에 처음이군."

그는 당혹스러운 듯 머리를 흔들며 말했다.

"그분은 강력하고 무서운 사람이야. 만약 너희가 별것 아닌 부탁이나 바보 같은 소망으로 현명하고 위대한 마법사를 찾아와서 귀찮게 하는 거라면, 아마 화가 나서 너희를 바로 죽일지도 몰라."

"하지만 별것 아닌 부탁이나 바보 같은 소망 때문에 찾아온 게 아니에요."

허수아비가 말했다.

"중요한 일이에요. 그리고 우린 오즈가 좋은 마법사라고 들었어요."

"좋은 마법사이고, 에메랄드 시를 현명하게 잘 다스리고 있기도 하지. 하지만 정직하지 못하거나 호기심에서 접근하면 그분은 아주 무서운 사람으로 변해. 그래서 사람들은 감히 그분을 마주하려고 하지 않아. 나는 문지기라서 너희가 위대한 마법사 오즈 님을 보고 싶다면 성으로 데려갈 의무가 있어. 하지만 그 전에 안경을 써야 해."

녹색 남자가 말했다.

"왜요?"

도로시가 물었다.

"안경을 쓰지 않으면 에메랄드 시의 찬란한 빛이 눈을 멀게 할 거야. 도시 안에 사는 사람들도 밤낮으로 안경을 쓰고 있지. 에메랄드 시를 건설했을 때부터 오즈 님이 그렇게 명령했거든. 안경을 벗길 수 있는 열쇠를 가지고 있는 건 나뿐이야."

그는 커다란 상자를 열었다. 상자 안에 여러 가지 모양과 크기의 안경이 담겨 있었다. 모든 안경에는 녹색 안경알이 끼워져 있었다. 문지기는 도로시에게 맞는 안경을 찾아 그녀의 눈 위에 올려놓고 금으로 된 안경테를 머리 뒤에서 문지기의 목에 걸려 있는 열쇠로 잠갔다. 도로시는 안경을 마음대로 벗을 수 없었지만 에메랄드 시의 빛에 눈이 멀기 싫어서 아무 말도 하지 않았다.

녹색 남자는 허수아비와 양철 나무꾼과 사자와 토토에게도 안경을 씌우고 열쇠로 잠갔다.

문지기는 자기도 안경을 쓰고 이제 그들에게 궁전으로 안내하겠다고 했다. 그는 벽에 걸려 있던 커다란 금 열쇠로 다른 문을 열었다. 그들은 모두 그를 따라 문을 지나서 에메랄드 시의 거리로 들어섰다.

II
오즈의 환상적인 에메랄드 시

녹색 안경을 쓰고 있었지만 도로시와 친구들은 처음에 환상적인 도시의 찬란함에 눈이 부셨다. 거리에는 어디에나 반짝이는 에메랄드가 박힌 녹색 대리석으로 지어진 아름다운 집들이 줄지어 있었다. 그들도 녹색 대리석으로 된 길을 걸었다. 대리석 사이에는 에메랄드가 촘촘히 박혀서 햇빛을 받아 반짝이고 있었다. 유리창도 녹색이었고 도시의 하늘조차 초록색 물이 들었고 햇살도 녹색이었다.

녹색 옷을 입고 녹색 피부를 가진 남자와 여자와 아이들이 걷고 있었다. 사람들은 도로시와 이상한 일행을 동그래진 눈으로 쳐다보았고 아이들은 사자를 보고 모두 엄마 뒤로 숨었다. 하지만 아무도 그들에게 말을 걸지 않았다.

길가에 있는 가게 안의 모든 것도 녹색이었다. 녹색 사탕, 녹색 팝콘, 녹색 신발과 모자, 옷을 팔았다. 한쪽에서는 한 남자가 녹색 레모네이드를 팔았고 아이들은 녹색 동전을 내고 그것을 사 먹었다. 그곳에는 말 같은 어떤 종류의 동물도 없는 것 같았다. 사람들은 작은 녹색 수레를 밀면서 물건을 옮겼다. 모두 행복하고 만족스러운 것 같았다.

문지기는 커다란 궁전이 나올 때까지 그들을 데리고 거리를 걸었다. 도시의 정중앙에 위대한 마법사 오즈의 궁전이 있었다. 문 앞에는 녹색 군복과 기다란 녹색 수염을 기른 군인이 있었다.

"여기 낯선 손님들이 왔습니다."

문지기가 군인에게 말했다.

"마법사님을 만나고 싶다고 합니다."

"안으로 들어가세요. 오즈 마법사님께 당신들이 왔다고 전하겠습니다."

군인이 대답했다.

그들은 궁전 문을 지나 녹색 카펫과 에메랄드가 박힌 아름다운 녹색 가구가 있는 커다란 방으로 들어갔다. 군인은 방에 들어가기 전에 모두에게 녹색 양탄자에 발을 닦으라고 했다. 그들이 앉고 나서 군인이 예의 바르게 말했다.

"편히 있으세요. 나는 왕실로 가서 오즈 마법사님께 당신들이 왔다고 말씀 드리고 오겠습니다."

군인이 돌아오기까지는 오래 걸렸다. 드디어 그가 돌아왔을 때 도로시가 물었다.

"오즈 마법사님을 본 적 있나요?"

"아니요."

군인이 대답했다.

"난 한 번도 그분을 본 적이 없어요. 커튼 뒤에 앉아 있는 그에게 당신들이 왔다고 전했을 뿐입니다. 그분이 말씀하길 당신들의 말을 들어 보겠다고 하시는군요. 하지만 한 번에 한 명씩 들어가야 하고 하루에 한 명만 만나겠다고 하셨습니다. 그러므로 성에 며칠 머물러야 할 것입니다. 편히 쉴 수 있는 방을 보여 주겠습니다."

"고맙습니다. 오즈 님은 정말 친절하시군요."

도로시가 대답했다.

군인은 녹색 호루라기를 불었고 즉시 예쁜 녹색 비단 옷을 입은 어린 하녀가 방으로 들어왔다. 녹색 눈과 사랑스러운 녹색 머리를 가진 하녀는 도로시에게 고개 숙여 인사하고 말했다.

"저를 따라오세요. 방으로 안내해 드릴게요."

그래서 도로시는 친구들에게 인사를 하고 토토를 팔에 안고 녹색 하녀를 따라 복도를 일곱 개 지나고 계단을 세 번 오르고 나서 궁전 앞쪽에 위치한 방으로 들어갔다. 정말 아름다운 작은 방이었다. 부드럽고 편안한 녹색 이불과 녹색 시트로 싸인 침대가 있었고, 방 가운데 놓인 작은 분수에서는 녹색 향수가 아름답게 조각된 녹색 대리석 대야 위로 떨어졌다. 창가에는 아름다운 녹색 꽃들이 피어 있었고 선반에는 작은 녹색 책들이 일렬로 꽂혀 있었다. 도로시는 책을 펼쳐 보았는데, 책 안에 이상한 녹색 그림이 가득 차 있어서 웃고 말았다.

옷장 안에는 비단과 새틴과 벨벳으로 만들어진 녹색 드레스가 많았다. 모든 옷은 도로시에게 아주 잘 맞았다.

"집에서처럼 편히 쉬세요."

녹색 하녀가 말했다.

"그리고 무엇이 필요하면 종을 울리세요. 오즈 님은 내일 아침에 만나실 거예요."

하녀는 도로시를 혼자 두고 다른 곳으로 가 버렸다. 하녀는 다른 사람들에게도 성안의 아주 좋은 방들을 안내했다. 당연히 이런 친절은 허수아비에게는 아무 소용없었다. 방에 혼자 있게 된 허수아비는 문 앞에 서서 다음 날 아침까지 기다렸다. 그는 누워서 쉬지도 않았고 눈을 감을 줄도 몰랐다. 그는 세상에서 가장 훌륭한 방에서 밤새도록 방구석에서 작은 거미가 거미줄을 짜는 것이나 지켜보았다. 양철 나무꾼은 그가 인간이었을 때의 버릇대로 침대에 누웠다. 잠을 자 보려고 했지만 잠이 안 와서 밤새도록 관절이 잘 작동되는지 움직이며 밤을 보냈다. 사자는 침대보다 숲속의 낙엽을 더 좋아했고 방 안에 갇혀 있는 것도 싫어했지만 이런 일로 불평할 만큼 예민하지 않아서 침대 위로 뛰어 올라가 고양이처럼 몸을 웅크리고 가르랑거리며 순식간에 잠들었다.

다음 날 아침 식사 후에 녹색 하녀는 도로시를 데리러 와서 녹색 새틴으로 만든 아주 예쁜 드레스로 갈아입혔다. 도로시에게는 녹색 비단 앞치마를 두르고 토토의 목에는 녹색 리본을 둘러 주었다. 그리고 위대한 마법사 오즈의 왕실로 갔다.

처음에 그들은 모두 호화로운 옷을 입은 궁중의 귀족들이 있는 커다란 홀로 들어갔다. 비록 귀족들은 오즈를 만나는 것이

허락되지 않았지만 서로 수다나 떨면서 왕실 밖에서 매일 기다리는 것이 일이었다. 도로시가 들어서자 그들은 그녀를 호기심 어린 눈으로 바라보았다. 한 사람이 물었다.

"정말로 무서운 오즈 님을 만날 생각이니?"

"당연하죠. 그분이 절 만나 주신다면 말이에요."

도로시가 대답했다.

"오즈 님은 이분을 만나 주실 겁니다."

마법사에게 처음 도로시가 왔다고 전해 줬던 군인이 말했다.

"오즈 님은 사람들이 자신을 만나겠다고 하는 것을 싫어하시지요. 사실 처음에 그분은 제 말을 듣고 화를 내면서 아가씨를 왔던 곳으로 돌려보내라고 하셨습니다. 그리고 오즈 님은 아가씨가 어떻게 생겼는지를 물어보셨고 제가 아가씨의 은 구두에 대해서 말하니까 아주 큰 관심을 보이셨어요. 그리고 이마에 난 자국에 대해서 말하자, 만나 보겠다고 하셨습니다."

그때 종이 울렸다. 녹색 하녀가 도로시에게 말했다.

"들어오라는 신호예요. 혼자 왕실로 들어가 보세요."

하녀는 작은 문을 열어 주었고 도로시는 훌륭한 방 안으로 용감하게 걸어 들어갔다. 높은 돔형 천장으로 된 둥글고 아주 큰 방이었다. 벽과 천장과 바닥에는 커다란 에메랄드가 촘촘히 박혀 있었다. 천장 중앙에는 커다란 불빛이 태양처럼 밝게 빛나고 있어서 에메랄드를 휘황찬란하게 빛나게 했다.

하지만 도로시의 눈길을 가장 끈 것은 방 중앙에 있는 녹색 대리석으로 된 커다란 옥좌였다. 그것은 다른 것들과 마찬가지로 빛나는 보석으로 장식된 의자였다. 의자 위에는 몸은 없지만 거인보다 더 큰 커다란 머리가 있었다. 머리카락도 없었지만 눈과 코와 입은 있었다.

도로시는 두렵고 놀란 눈으로 머리를 바라보았다. 눈이 천천히 그녀를 향하더니 날카롭게 쳐다보았다. 그리고 입이 움직였다.

"나는 위대하고 무서운 마법사 오즈다. 너는 누구냐, 그리고 왜 나를 찾느냐?"

커다란 머리에서 나오는 목소리치고 그리 무섭지 않아서 도로시는 용기를 내어 대답했다.

"저는 작고 온순한 도로시입니다. 도움을 청하러 왔습니다."

눈이 한참 동안 그녀를 바라보더니 말했다.

"그 은 구두는 어디서 났느냐?"

"동쪽의 사악한 마녀가 신던 것을 제가 가졌어요. 우리 집이 마녀 위로 떨어져서 그녀를 죽였거든요."

"이마에 난 자국은 어떻게 생겼느냐?"

목소리가 물었다.

"북쪽의 착한 마녀가 나를 당신에게 보내면서 작별 인사로 내게 입맞춤해 줬어요."

도로시가 대답했다.

다시 눈이 도로시를 날카롭게 쳐다보았고 그녀가 사실을 말한다는 것을 알았다. 그리고 오즈가 물었다.

"내가 무엇을 해 주기를 바라느냐?"

"엠 아줌마와 헨리 아저씨가 사는 캔자스로 돌려보내 주세요."

도로시는 진지하게 대답했다.

"이 나라는 무척 아름답지만 전 싫어요. 지금쯤 엠 아줌마는 제가 오랫동안 없어져서 걱정이 이만저만이 아닐 거예요."

눈은 세 번 깜빡이더니 천장을 보았다가 바닥을 보았다가 방의 모든 구석구석을 보듯이 아주 괴상하게 돌다가 마지막으로 도로시를 보았다.

"왜 내가 너를 위해 그런 일을 해야 하지?"

오즈가 물었다.

"왜냐하면 당신은 강하고 나는 약하니까요. 당신은 위대한 마법사고 난 겨우 작은 소녀일 뿐이잖아요."

"하지만 너는 동쪽의 사악한 마녀를 죽일 만큼 강하지 않더냐?"

오즈가 말했다.

"그건 우연일 뿐이에요. 내가 한 일이 아니에요."

도로시가 간단히 대답했다.

"그렇다면 대답을 하마. 네가 나를 위해 무언가를 하지 않는다면, 너는 내게 캔자스로 돌려보내 달라고 요청할 권리가 없다. 이 나라에서는 자신이 얻은 모든 것에 대한 대가를 치러야 한다. 너를 다시 집으로 돌려보낼 수 있는 나의 마법의 힘을 원한다면 그 전에 너도 나를 위해 무언가를 해야만 한다. 나를 도와주면 나도 너를 도와주마."

머리가 말했다.

"제가 무엇을 하면 될까요?"

도로시가 물었다.

"서쪽의 사악한 마녀를 죽여라."

오즈가 대답했다.

"저는 못 해요!"

도로시가 놀라서 외쳤다.

"너는 동쪽의 사악한 마녀를 죽였고 강력한 마법의 힘이 있는 은 구두도 신고 있지 않느냐. 이 나라에는 이제 사악한 마녀가 하나밖에 남지 않았다. 마녀를 죽이면 내가 너를 캔자스로 돌려보내 주마. 하지만 그 전엔 안 돼."

오즈가 대답했다.

도로시는 너무 실망해서 울기 시작했다. 커다란 눈이 다시 깜빡이더니 그녀를 걱정스럽게 바라보았다. 위대한 마법사 오즈는 도로시가 그를 도와줄 수 있다고 믿는 듯했다.

"난 아무것도 죽여 본 적 없어요."

도로시가 울면서 말했다.

"만약 내가 누굴 죽이고 싶다 해도 어떻게 사악한 마녀를 죽여요? 당신처럼 위대하고 무서운 이도 못하는 일을 어떻게 제가 해요?"

"나도 모르겠다. 하지만 이것이 나의 대답이다. 사악한 마녀가 죽을 때까지 너는 아저씨와 아줌마를 보지 못한다. 기억해라. 그 마녀는 사악하다. 정말로 사악해서 죽어야만 한다. 이제 가거라. 그리고 너의 임무를 끝마치지 않는 이상 다시는 나를 만나려 하지 마라."

머리가 말했다.

도로시는 슬픔에 잠겨 왕실을 나와서 오즈가 그녀에게 무슨 말을 했는지 들으려고 기다리고 있는 사자와 허수아비와 양철 나무꾼 있는 곳으로 갔다.

"나에겐 이제 아무 희망도 없어. 오즈는 내가 서쪽의 사악한 마녀를 죽이지 않는 이상 집으로 돌려보내 주지 않겠대. 그런 일을 어떻게 해."

도로시가 슬프게 말했다.

친구들도 도로시를 도와줄 수 없어서 유감스러웠다. 도로시는 자기 방으로 가서 침대에 엎드려 울다가 잠들었다.

다음 날 아침 녹색 수염의 군인은 허수아비에게 말했다.

"같이 가시지요. 오즈 님이 기다리고 계십니다."

그래서 허수아비는 그를 따라 왕실로 들어갔다. 허수아비는 그곳에서 에메랄드 옥좌 위에 세상에서 제일 아름다운 여인이 앉아 있는 것을 보았다. 그녀는 녹색 비단 옷을 입고 흘러내리는 녹색 머리채 위로 보석 왕관을 쓰고 있었다. 어깻죽지에는 아름다운 색의 날개가 돋아 있었다. 날개는 너무 가벼워서 공기가 조금만 움직여도 떨릴 것 같았다.

허수아비는 아름다운 여인 앞에서 짚을 채운 자신의 어설픈 몸이 허락하는 한 예쁘게 고개 숙여 인사했다. 그녀는 그를 향해 다정하게 말했다.

"나는 위대하고 무서운 오즈랍니다. 당신은 누구고, 왜 나를 찾아왔나요?"

도로시에게 커다란 머리 이야기를 들었던 허수아비는 아주 놀랐지만 용감하게 대답했다.

"저는 지푸라기로 만든 허수아비입니다. 저는 뇌가 없어서 제 머릿속에 지푸라기 대신 뇌를 넣어 달라고 당신에게 부탁하려 합니다. 그러면 저는 당신의 시민처럼 사람이 될 수 있겠지요."

"왜 내가 당신을 위해 그런 일을 해야 하지요?"

여인이 물었다.

"왜냐하면 당신은 현명하고 강력하니까요. 당신이 아니면 아무도 나를 도울 수 없어요."

허수아비가 말했다.

"저는 보답을 받지 않으면 호의를 베풀지 않습니다."

오즈가 말했다.

"이 약속밖에 드릴 수가 없네요. 당신이 서쪽의 사악한 마녀를 죽이면 당신에게 좋은 뇌를 드리도록 할게요. 그 뇌는 당신을 오즈의 나라에서 가장 현명한 사람으로 만들어 줄 거예요."

"저는 당신이 도로시에게 마녀를 죽이라고 한 줄 알았는데요."

허수아비가 놀라서 말했다.

"그랬지요. 누가 마녀를 죽이든 나는 상관없어요. 마녀가 죽기 전까지는 나는 당신의 바람을 들어주지 않겠어요. 이제 가세요. 그리고 당신이 그토록 원하는 뇌를 얻을 수 있는 조건을 갖출 때까지는 나를 찾지 마세요."

허수아비는 슬픈 기분으로 친구들에게 와서 오즈가 한 이야기를 들려주었다. 도로시는 위대한 마법사가 그녀가 본 것처럼 머리가 아니고 아름다운 여인이라는 이야기를 듣고 놀랐다.

"오즈는 양철 나무꾼처럼 따뜻한 심장이 있어야 될 것 같더라."

허수아비가 말했다.

다음 날 아침 녹색 수염의 군인은 양철 나무꾼에게 말했다.

"오즈 님이 당신을 기다리고 계십니다. 따라오세요."

양철 나무꾼은 그를 따라 왕실로 갔다. 그는 오즈가 머리인지 아름다운 여인인지 몰랐지만 이왕이면 아름다운 여인이길 바랐다.

'오즈가 머리라면 자신이 심장이 없기 때문에 나에 대해서도 별다른 감정을 느끼지 못할 거야. 하지만 아름다운 여인이라면 내가 심장을 달라고 열심히 애원하면 들어주겠지. 모든 여자들은 자기가 따뜻한 마음씨를 가지고 있다고 하니까.'

하지만 양철 나무꾼이 왕실로 들어가서 본 것은 머리도 여인도 아니었다. 오즈는 아주 무서운 짐승의 모습을 하고 있었다. 그것은 코끼리만큼 커서 녹색 옥좌는 그 무게 때문에 부서질 것 같았다. 짐승의 머리는 코뿔소 같았고 얼굴에 다섯 개의 눈이 있었다. 몸에서 다섯 개의 긴 팔과 다섯 개의 길고 가느다란 다리가 나와 있었다. 두껍고 곱슬곱슬한 털로 완전히 뒤덮여 있어서 그보다 더 무서운 괴물을 상상하기는 어려울 것 같았다. 무서워서 쿵쿵 빠르게 뛸 심장이 없는 양철 나무꾼에게는 차라리 다행이었다.

무서움을 모르는 양철 나무꾼은 실망을 했을 뿐이다.

"나는 위대하고 무서운 오즈다."

짐승이 우렁찬 울음소리 같은 목소리로 말했다.

"너는 누구고 왜 나를 찾아왔느냐?"

"저는 양철로 만든 나무꾼입니다. 그래서 사랑할 수 있는 심장이 없지요. 저는 다른 사람들과 마찬가지로 심장을 갖고 싶습니다."

"내가 왜 그런 일을 해야 하지?"

짐승이 물었다.

"당신만이 그 일을 할 수 있기 때문입니다."

양철 나무꾼이 대답했다.

이 말에 오즈는 낮게 으르렁거리며 걸걸한 목소리로 말했다.

"심장이 갖고 싶다면 그만한 대가를 치러야지."

"어떻게요?"

양철 나무꾼이 물었다.

"도로시를 도와 서쪽의 사악한 마녀를 죽여라."

짐승이 대답했다.

"마녀가 죽으면 나에게 오라. 그러면 네게 오즈의 나라에서 가장 크고 따뜻하고 다정한 심장을 주겠다."

그래서 양철 나무꾼은 우울하게 물러났고 친구들에게 그가 본 무서운 짐승에 대해 말해 주었다. 그들은 위대한 마법사가 다양한 모습으로 변해서 놀랐다. 사자가 말했다.

"만약 오즈가 짐승이라면 나는 아주 크게 울어서 오즈를 겁줘서 내가 원하는 것을 들어주게 만들 거야. 하지만 그가 사랑스런 여인이라면 그녀에게 뛰어오르는 척해서 목숨을 구걸하게 만들 거야. 만약 오즈가 커다란 머리라면 내게 자비를 구해야만 할 거야. 왜냐하면 우리의 바람을 들어줄 때까지 온 방 안에 이리저리 머리를 굴릴 거니까. 그러니까 힘내 친구들. 모든 바람은 이루어질 거야."

다음 날 아침 녹색 수염의 군인이 사자를 데리고 왕실로 가서 오즈를 만나도록 했다. 사자는 곧바로 문으로 들어가 주변을 둘러보았다. 놀랍게도 옥좌에는 불덩이가 있었다. 너무 무섭게 날름거려서 똑바로 쳐다보기도 힘들 정도였다. 처음에 오즈가 사고로 불길에 휩싸였나 하고 생각한 사자는 가까이 가 보려고 했지만 열기가 너무 강해서 수염이 그을었다. 그래서 사자는 떨면서 문 근처까지 뒤로 물러났다.

그때 낮고 고요한 목소리가 불덩이에서 흘러나왔다.

“나는 위대하고 무서운 오즈다. 너는 누구고 왜 나를 찾아왔느냐?”

사자가 대답했다.

“저는 모든 것을 두려워하는 겁쟁이 사자입니다. 당신이 내게 용기를 주기를 바랍니다. 그래서 사람들이 나를 칭하듯이 정말로 짐승들의 왕이 되고 싶습니다.”

“내가 왜 너에게 용기를 줘야 하지?”

오즈가 물었다.

“왜냐하면 모든 마법사 중에서 당신이 가장 위대하고 나의 청을 들어줄 만한 능력을 가지고 있으니까요.”

사자가 대답했다.

불덩이가 불꽃을 크게 한 번 일으키더니 말했다.

“사악한 마녀가 죽었다는 증거를 가지고 오라. 그러면 네게 용기를 주겠다. 하지만 마녀가 살아 있는 이상 넌 영원히 겁쟁이로 남게 될 것이다."

사자는 이 말에 화가 났지만 아무 대답도 하지 않았다. 사자가 조용히 불덩이를 바라보고 있는 사이에 그것은 무섭도록 뜨거워져서 사자는 꼬리를 내리고 방에서 나왔다. 사자는 친구들이 자기를 기다리고 있어서 기뻤다. 그리고 자신이 만난 무서운 오즈에 대해서 말해 주었다.

"이제 어쩌지?"

도로시가 슬프게 말했다.

"우리가 할 수 있는 일은 한 가지밖에 없어."

사자가 대답했다.

"윙키의 나라로 가서 사악한 마녀를 찾아서 죽이는 거야."

"하지만 우리가 못 하면?"

도로시가 물었다.

"그럼 나는 절대 용기를 얻지 못하겠지."

사자가 말했다.

"나는 절대 뇌를 얻지 못하겠지."

허수아비가 말했다.

"나는 절대 심장을 얻지 못하겠지."

양철 나무꾼이 말했다.

"나는 다시는 엠 아줌마와 헨리 아저씨를 만날 수 없을 거야."

도로시가 울면서 말했다.

"조심해요! 눈물이 떨어지면 당신의 녹색 비단 옷이 얼룩질 거예요."

녹색 하녀가 말했다.

"그래도 시도는 해 봐야겠지. 하지만 나는 다시는 엠 아줌마를 못 본다 해도 누구를 죽이고 싶지 않아."

도로시는 눈물을 닦고 말했다.

"내가 너와 함께 갈게. 하지만 난 너무 겁쟁이라 마녀를 죽일 수 없을 거야."

사자가 말했다.

"나도 갈 거야. 하지만 난 많은 도움은 못 될 거야. 나는 바보잖아."

허수아비가 말했다.

"심장이 없는 나도 마녀를 죽이고 싶지 않아. 하지만 네가 간다면 나도 너와 함께할게."

양철 나무꾼이 말했다.

그래서 다음 날 아침 여행을 떠나기로 결정했다. 양철 나무꾼은 녹색 숫돌에 도끼를 갈고 관절마다 기름칠을 했다. 허수아비는 신선한 새 지푸라기를 채웠고 도로시는 허수아비가 더 잘 볼 수 있도록 눈을 새로 그려 주었다. 녹색 하녀는 친절하게 도로시의 바구니에 먹을 것들을 잔뜩 챙겨 주었고 토토의 목에 녹색 리본으로 작은 방울을 달아 주었다.

모두 일찍 잠들었다. 날이 밝자 궁전의 뒷마당에 사는 녹색 수탉이 울어 모두 깨어났다. 녹색 달걀을 낳은 암탉이 꼬꼬댁거리는 소리도 들렸다.

12
사악한 마녀를 찾아서

녹색 수염의 군인이 그들을 에메랄드 시의 거리를 지나 문지기가 있는 곳까지 안내했다. 문지기는 그들의 안경을 풀어 다시 커다란 상자 안에 넣었다. 그리고 예의 바르게 문을 열어 주었다.

"서쪽의 사악한 마녀가 사는 곳으로 가려면 어느 길로 가야 하나요?"

도로시가 물었다.

"그곳으로 가는 길은 없어. 그곳에 가려는 사람은 아무도 없거든."

문지기가 대답했다.

"그러면 어떻게 마녀를 찾죠?"

도로시가 물었다.

"쉽지. 윙키의 나라에 들어서기만 하면 마녀가 너를 찾아내서 노예로 만들 거니까."

문지기가 대답했다.

"아닐 수도 있지요. 우리가 그녀를 죽일 거거든요."

허수아비가 말했다.

"그녀를 죽이려고 한 사람은 아무도 없었어. 그러니 난 당연히 마녀가 너희를 노예로 삼으리라 생각한 거지. 마녀가 다른 사람들에게 한 것처럼. 조심해. 마녀는 사악하고 잔인해서 죽이기 힘들 거야. 태양이 지는 서쪽으로 계속 가 봐. 그러면 마녀를 찾을 수 있을 거야."

문지기가 말했다.

그들은 문지기에게 감사하다고 작별 인사를 하고 서쪽으로 향해 데이지와 미나리아재비가 드문드문 피어 있는 부드러운 풀밭을 걷기 시작했다. 도로시는 여전히 성에서 입었던 예쁜 비단 드레스를 입고 있었다. 하지만 놀랍게도 그것은 더 이상 녹색이 아니었다. 그것은 흰색이었다. 토토의 목에 걸려 있던 리본도 도로시의 옷처럼 녹색이 아닌 흰색이었다.

에메랄드 시를 뒤에 남겨 두고 앞으로 나아갈수록 땅은 험하고 가팔라졌다. 서쪽 나라에는 농장도 집도 없었고 땅은 경작되지 않은 채 버려져 있었다.

오후가 되니 태양이 그들의 얼굴에 따갑게 내리쬐었다. 햇빛을 피할 만한 나무도 없었다. 그래서 밤이 되기 전에 도로시와 토토와 사자는 지쳐 버렸고 양철 나무꾼과 허수아비가 지켜 주는 동안 풀밭에 누워 잠들었다.

서쪽의 사악한 마녀는 눈이 하나밖에 없었지만 망원경처럼 아주 먼 곳까지 볼 수 있었다. 그래서 마녀는 자신의 성 문 앞에 앉아서 도로시와 친구들이 자는 모습을 볼 수 있었다. 그들은 멀리 떨어진 곳에 있었지만 사악한 마녀는 그들이 자기 땅에 들어왔다는 데 화가 났다. 마녀는 목에 걸려 있던 은 호루라기를 불었다.

순식간에 사방에서 긴 다리와 무서운 눈과 날카로운 이빨을 가진 커다란 늑대 무리가 마녀를 향해 달려왔다.

"저들을 발기발기 찢어 버려라."

마녀가 말했다.

"노예로 만들지 않으시고요?"

대장 늑대가 물었다.

"아니다. 하나는 양철이고, 하나는 지푸라기로 만들어졌고, 하나는 소녀고, 다른 하나는 사자다. 일을 시킬 만한 놈이 하나도 없어. 그러니 조각내 버리도록."

"잘 알겠습니다."

늑대는 대답을 하고 전속력으로 무리를 이끌고 달려갔다.

허수아비와 양철 나무꾼이 깨어 있다가 늑대가 오는 소리를 들은 것은 큰 행운이었다.

"내가 싸울게. 그러니까 내 뒤에 있어. 내가 그들과 맞설게."

양철 나무꾼이 말했다.

양철 나무꾼은 날카롭게 간 도끼를 들고 대장 늑대가 가까이 왔을 때 팔을 휘둘러 머리를 잘라 죽여 버렸다. 다른 늑대가 다가오자 그는 도끼를 휘둘렀고, 그 늑대는 양철 나무꾼의 날카로운 무기 아래에 떨어졌다. 양철 나무꾼 앞에는 사십 마리의 늑대가 죽어서 쌓였다.

그는 도끼를 내려놓고 허수아비 옆에 앉았다.

"정말 잘 싸웠어. 친구."

허수아비가 말했다.

그들은 다음 날 아침이 되어 도로시가 깨어날 때까지 기다렸다. 도로시는 일어나서 털북숭이 늑대들이 쌓여 있는 것을 보고 무서워했다. 양철 나무꾼이 어제 있었던 일을 말해 주었고, 도로시는 구해 줘서 고맙다고 인사했다. 다시 자리에 앉아 아침을 먹은 다음 여행을 시작했다.

같은 날 아침, 사악한 마녀는 멀리까지 볼 수 있는 한쪽 눈으로 성 밖을 내다보았다. 마녀는 그녀의 늑대가 모두 죽어 있는 것을 보았고, 그들이 여전히 그녀의 나라를 여행하고 있는 것을 보았다. 마녀는 전보다 더 화가 나서 은 호루라기를 두 번 불었다.

금방 하늘을 덮을 만큼 많은 까마귀 떼가 새카맣게 마녀를 향해 날아왔다.

사악한 마녀는 까마귀의 왕에게 말했다.

"당장 침입자들에게 날아가서 눈을 쪼아 버리고 조각내 버려라."

까마귀 떼는 도로시와 친구들을 향해 날아갔다. 도로시는 새 떼가 오는 것을 보고 무서워했다.

하지만 허수아비가 말했다.

"이번엔 내가 싸울게. 내 옆에 엎드려 있으면 절대 다치지 않을 거야."

그들은 허수아비만 빼고 모두 땅에 누웠다. 그는 일어나서 팔을 뻗었다. 모든 새들이 보통 그러듯이 까마귀들은 허수아비를 보고 무서워하면서 더 이상 가까이 오려 하지 않았다. 그때 까마귀의 왕이 말했다.

"지푸라기로 만든 허수아비일 뿐이야. 내가 눈을 쪼아 버리겠어."

까마귀의 왕은 허수아비에게 날아왔고 허수아비는 까마귀의 머리를 잡고는 죽을 때까지 목을 비틀었다. 다른 까마귀가 날아왔고 허수아비는 또 목을 비틀었다. 모두 마흔 마리의 까마귀가 날아왔고 허수아비는 마흔 번 목을 비틀었다. 결국 모두 허수아비 앞에서 죽었다. 허수아비는 친구들에게 일어나라고 말했고 그들은 다시 길을 떠났다.

사악한 마녀는 자신의 까마귀가 죽어서 쌓여 있는 것을 보고 너무나 화가 나서 은 호루라기를 세 번 불었다. 금방 윙윙거리는 소리가 나더니 검은 벌들이 마녀를 향해 몰려왔다.

"침입자들에게 가서 죽을 때까지 침을 쏘아라!"

마녀는 명령했다. 벌 떼는 도로시와 친구들이 걷고 있는 곳까지 재빠르게 날아갔다. 양철 나무꾼이 벌 떼가 오는 것을 보았고 허수아비는 어떻게 해야 할지 결정했다.

"내 지푸라기를 꺼내서 도로시와 강아지와 사자에게 덮어줘. 그러면 벌들이 쏘지 못할 거야."

허수아비가 양철 나무꾼에게 말했다. 도로시는 토토를 팔에 안고 사자와 꼭 붙어 있었고 양철 나무꾼은 지푸라기로 그들을 완전히 가렸다.

벌들은 양철 나무꾼만 발견하고 그에게 날아가서 벌침을 쏘았지만 양철 때문에 침이 모두 부러지고 말았다. 정작 양철 나무꾼은 전혀 다치지 않았다. 벌은 침이 부러지면 살 수 없기 때문에 까만 벌들은 모두 죽어 버렸다. 양철 나무꾼 주위에 죽은 벌들이 석탄가루처럼 쌓였다.

도로시와 사자가 일어났다. 도로시는 양철 나무꾼이 허수아비의 짚을 다시 채우는 것을 도와주었고 그는 전과 같은 모습을 찾았다. 그래서 그들은 다시 길을 떠났다.

사악한 마녀는 그녀의 까만 벌 떼가 석탄가루처럼 쌓여 있는 것을 보고 너무 화가 나서 발을 쿵쿵 구르고 머리를 쥐어뜯고 이빨을 갈았다. 마녀는 열두 명의 윙키 노예를 불러서 그들에게 날카로운 창을 주며 침입자들을 죽이라고 했다.

윙키들은 용감하지는 않았지만 명령은 들어야 했다. 그래서 그들은 도로시 일행을 만날 때까지 행군했다. 사자가 윙키들을 보고 크게 으르렁거리면서 그들을 향해 뛰어오르자 불쌍한 윙키들은 겁에 질려 꽁지가 빠져라 도망갔다.

윙키가 성으로 돌아오자, 사악한 마녀는 채찍으로 실컷 패고 일터로 돌려보냈다. 마녀는 앉아서 다음엔 무엇을 할지 생각해 보았다. 침입자들을 향한 자신의 계획이 어떻게 모두 실패했는지 마녀는 이해할 수가 없었다. 하지만 그녀는 강력한 마녀였고 그만큼 사악했다. 그녀는 어떻게 할지 금방 결정했다.

선반 위에 다이아몬드와 루비로 둘러진 황금 모자가 있었다. 이 황금 모자는 마법의 힘이 있는 물건이었다. 이 모자를 가진 이는 누구나 어떤 명령이라도 들어주는 날개 달린 원숭이를 세 번 불러낼 수 있었다. 하지만 어느 누구도 세 번 이상은 불러낼 수 없었다. 마녀는 이미 모자의 마법을 두 번 사용했다. 처음에는 윙키를 노예로 만들고 이 나라를 정복할 때 사용했다. 두 번째는 오즈의 마법사와 싸워서 그를 서쪽 나라 밖으로 내쫓을

용도로 사용했다. 이제 황금 모자를 사용할 수 있는 기회가 한 번밖에 남지 않아서 마녀는 웬만하면 모자를 사용하지 않으려고 했다. 하지만 지금은 마녀의 무서운 늑대와 야생 까마귀와 독침을 가진 벌도 다 죽었고 마녀의 노예들은 사자에게 겁먹고 도망쳤기 때문에 다른 방법이 없었다.

사악한 마녀는 선반에서 황금 모자를 꺼내서 쓰고 왼쪽 다리로 서서 천천히 말했다.

"엡-페, 펩-페, 칵-케!"

그리고 오른쪽 다리로 서서 말했다.

"힐-로, 홀-로, 헬-로!"

그리고 마녀는 두 다리로 서서 크게 외쳤다.

"지즈-지, 주즈-지, 직!"

마법이 작동하기 시작했다. 하늘이 어두워지면서 낮게 우르릉거리는 소리가 들려왔다. 날개를 파닥거리는 소리와 시끌벅적하게 떠드는 소리와 웃음소리가 들리면서 엄청나게 크고 힘센 날개 달린 원숭이들에게 둘러싸인 사악한 마녀가 태양 아래 모습을 드러냈다.

다른 원숭이들보다 조금 큰 대장 원숭이가 마녀에게 가까이 날아와서 말했다.

"세 번째이자 마지막으로 저희를 부르셨습니다. 어떤 일을 해 드릴까요?"

"내 땅에 들어온 침입자들을 모두 죽여라. 사자만 빼고. 그 짐승은 내게 데려와라. 말처럼 고삐를 채워 일을 시켜야겠다."

사악한 마녀가 말했다.

"당신의 명령을 따르겠습니다."

대장 원숭이가 말했다.

날개 달린 원숭이들은 왁자지껄하게 도로시와 친구들에게 날아갔다. 원숭이 몇 마리가 양철 나무꾼을 잡아서 날카로운 바위가 깔려 있는 곳까지 날아갔다. 그러고는 불쌍한 나무꾼을 아주 높이 들어 올리더니 바위로 던졌다. 양철 나무꾼은 온몸을 부딪쳐 찌그러져서 움직이기는커녕 신음소리조차 낼 수 없었다.

다른 원숭이들은 허수아비를 잡아서 긴 손가락으로 허수아비와 옷과 머리에 들어 있던 지푸라기들을 다 빼냈다. 원숭이들은 허수아비의 모자와 부츠와 옷을 작은 뭉치로 만들어 높은 나무 꼭대기로 던져 버렸다.

남은 원숭이들은 튼튼한 밧줄을 던져서 사자를 붙잡은 다음 사자가 물지도 못하고 할퀴거나 몸부림치지도 못하게 머리부터 발까지 밧줄로 친친 감았다. 그리고 사자를 들고 마녀의 성으로 날아가서 사자가 탈출할 수 없도록 쇠창살 안에 가뒀다.

도로시는 토토를 팔에 안은 채 친구들의 슬픈 운명을 보며 곧 자신의 차례가 다가올 것이라고 생각했다. 그러나 도로시에

게 원숭이들은 아무 해도 입히지 못했다. 날개 달린 원숭이 대장이 이빨을 드러내며 털북숭이 팔을 내민 채 흉측한 얼굴로 도로시에게 다가왔지만, 도로시의 이마에 착한 마녀의 입맞춤 자국을 있는 것을 보고 즉시 멈추어 섰다. 다른 원숭이들에게도 도로시를 건드리지 말라고 명령했다.

"우린 이 소녀에게 해를 끼칠 수가 없다. 이 소녀는 착한 마녀의 비호를 받고 있다. 그것은 사악한 마녀의 힘보다 더 강하다. 우리가 할 수 있는 일은 소녀를 사악한 마녀에게 데려가서 그곳에서 노예로 살게 하는 것이다."

대장이 다른 원숭이들에게 말했다.

원숭이들은 조심스럽고 부드럽게 팔로 도로시를 들어 올려 성까지 재빨리 날아갔다. 원숭이들은 그녀를 성 앞에 내려놓았다. 대장이 마녀에게 말했다.

"우리가 할 수 있는 한 당신의 명령에 따랐습니다. 양철 나무꾼과 허수아비는 파괴되었고 사자는 당신의 마당에 갇혀 있지요. 저 작은 소녀와 소녀가 팔에 안고 있는 강아지는 우리가 해칠 수 없습니다. 우리 종족에 대한 당신의 힘은 이제 끝났습니다. 다시는 우리를 볼 수 없을 겁니다."

날개 달린 원숭이들은 모두 시끄럽게 웃고 떠들면서 하늘 높이 날아가 버렸다.

사악한 마녀는 도로시의 이마에 있는 자국을 보고 날개 달린 원숭이나 자신조차 감히 그 소녀를 어떤 식으로도 해칠 수 없다는 것을 알고 놀랐고 걱정스러워했다. 게다가 도로시가 신은 은 구두를 보고 두려움에 떨었다. 그 구두에는 강력한 마법의 힘이 있다는 것을 알았기 때문이다. 처음에 마녀는 도로시에게서 달아나고 싶었다. 하지만 마녀는 순진한 아이의 눈을 들여다보고, 은 구두의 놀라운 힘을 이 작은 소녀는 알지 못한다는 것을 알아챘다. 사악한 마녀는 혼자 웃으며 생각했다.

'소녀를 노예로 부릴 수 있겠는걸. 이 아이는 자신의 힘을 어떻게 사용하는지 모르니까.'

마녀는 도로시에게 매몰차고 심하게 말했다.

"이리 와. 그리고 내 말을 잘 듣는지 안 듣는지 보자. 만약 내 말을 안 들으면 양철 나무꾼과 허수아비처럼 끝장내 주겠어."

도로시는 성안의 아름다운 방들을 지나 부엌까지 마녀를 따라갔다. 마녀는 그곳에서 도로시에게 솥과 주전자를 닦고, 바닥을 쓸고, 불을 때라고 시켰다. 도로시는 온순하게 열심히 일을 했다. 도로시는 사악한 마녀가 자신을 죽이지 않기로 결정한 것이 기뻤다.

도로시가 열심히 일을 하고 있을 때 마녀는 마당으로 나갔다. 마녀는 겁쟁이 사자에게 말처럼 마구를 달아야겠다고 생각했다. 사자가 끄는 마차를 타고 원하는 곳 어디라도 갈 생각을 하니 기분이 좋아졌다. 하지만 우리 문을 열었을 때 사자는 크게 울부짖으며 마녀 앞으로 무섭게 달려들었다. 마녀는 두려워져서 달려 나와 다시 우리 문을 닫았다.

“만약 내가 너를 끌고 다닐 수 없다면, 널 굶겨 죽이겠어. 너는 아무것도 먹지 못하거나 아니면 내가 바라는 대로 해야 해.”

마녀가 쇠창살 사이로 사자에게 말했다.

그래서 그 후에 마녀는 갇혀 있는 사자에게 아무 음식도 주지 않았고 매일 정오에 쇠창살로 가서 물어보았다.

“말처럼 마차를 끌 준비가 되었냐?”

사자는 대답했다.

“싫다. 들어오기만 해 봐. 물어 버릴 거야.”

사자가 마녀가 원하는 대로 하지 않을 수 있었던 이유는 매일 밤 마녀가 잠든 사이 도로시가 찬장에 있던 음식을 사자에게 가져다주었기 때문이었다. 식사를 하고 난 사자는 짚으로 된 침대에 누웠고 도로시도 그 옆에 누워서 사자의 부드럽고 복슬복슬한 갈기에 머리를 놓고 그들의 애환과 탈출할 방법에 대해 이야기했다. 하지만 성을 빠져나갈 방법은 찾기 어려웠다. 사악한 마녀의 노예인 노란 윙키들이 계속 지키고 있었고 그들은 마녀를 너무 두려워해서 마녀가 시키는 대로 했다.

도로시는 낮 동안 내내 일해야 했고 때때로 마녀는 늘 들고 다니는 낡은 우산으로 도로시를 때리겠다고 협박했다. 하지만 마녀는 감히 이마에 착한 마녀의 입맞춤 자국이 있는 도로시를 때릴 수가 없었다. 아이는 이 사실을 몰랐기에 자신과 토토가 다칠까 봐 두려워했다. 한번은 마녀가 우산으로 토토를 내려쳤다. 용감한 작은 강아지는 보복으로 마녀에게 달려들어 다리를 물었는데, 마녀는 너무 사악해서 피가 다 말라 버렸기 때문에 물린 곳에 피도 나지 않았다.

도로시의 인생은 점차 아주 슬퍼졌다. 엠 아줌마가 있는 캔자스로 다시 돌아가기는 틀린 것 같았다. 때때로 도로시는 몇 시간이나 울곤 했고 토토는 도로시의 발치에서 도로시의 얼굴을 바라보며 작은 주인님이 슬퍼서 자기도 슬프다고 끙끙거렸다. 토토는 도로시만 옆에 있으면 그곳이 캔자스든 오즈의 나라든 아무 상관없었다. 하지만 토토는 도로시가 행복하지 않다는 것을 알았고 그래서 자신도 오즈의 나라에 있는 것이 행복하지 않았다.

사악한 마녀는 벌과 까마귀와 늑대들이 다 죽었고 황금 모자의 마법도 다 써 버렸기 때문에 도로시가 항상 신고 다니는 은 구두를 아주 갖고 싶어 했다. 은 구두만 있다면 마녀가 잃은 그 무엇보다 더 큰 힘을 얻을 것이었다. 마녀는 도로시가 은 구두를 벗으면 그때 훔치려고 그녀를 주의 깊게 살펴보았다. 하지만 아이는 자신의 예쁜 구두가 무척 자랑스러워서 잠잘 때와 씻을 때 빼고는 절대 벗지 않았다. 마녀는 어둠을 너무 두려워해서 감히 밤에 도로시의 신발을 가지러 가지 못했다. 그리고 마녀는 물을 어둠보다 더 무서워해서 도로시가 씻을 때도 근처에 오지 않았다. 지금까지 늙은 마녀는 물에 손끝 하나 대지 않았고 물이 묻지 않도록 늘 조심했다.

이 사악한 마녀는 아주 교활해서 드디어 그녀가 원하는 것을 가질 수 있는 계략을 꾸몄다. 마녀는 철로 된 봉을 부엌 바닥 한 가운데에 두고 마술로 그 봉이 보이지 않게 했다. 그래서 도로시가 걸어가다가 보이지 않는 봉에 걸려서 넘어지게 했다. 도로시는 많이 다치지 않았지만 은 구두 한 짝이 벗겨졌다. 도로시가 신발을 줍기 전에 얼른 마녀가 나타나 신발을 주워 자신의 앙상한 발을 넣었다.

마녀는 자신의 계략이 성공해서 매우 기뻤다. 신발 한 짝만 가지고 있어도 그 마법으로 쓸 수 있는 힘의 반을 소유할 수 있었던 것이다. 이제 도로시가 마법의 힘을 사용하는 법을 안다고 해도 신발 한 짝을 가진 자신에게 사용할 수는 없을 것이다.

예쁜 구두를 잃은 도로시는 화가 나서 마녀에게 말했다.

"내 구두 다시 돌려주세요!"

"싫어. 이제 네 구두가 아니라 내 구두란다."

마녀가 말했다.

"사악한 마녀 같으니! 당신에겐 내 신발을 뺏을 권리 따윈 없어."

도로시가 외쳤다.

"잘 신을게. 언젠가 다른 한 짝도 내가 갖게 될 거야."

마녀가 비웃으며 말했다.

이 말에 도로시는 너무 화가 나서 옆에 있는 물 양동이를 들어 마녀에게 부었다. 마녀는 머리에서 발끝까지 다 젖고 말았다. 사악한 마녀는 두려움으로 가득 찬 커다란 비명을 질렀다. 놀랍게도 마녀는 점점 녹아 줄어들고 있었다.

"무슨 짓을 한 거야. 난 녹아 없어져 버린다고!"

마녀가 소리쳤다.

"정말 안됐군요."

갈색 설탕처럼 녹아 없어지는 마녀를 두려운 눈으로 보고 있던 도로시가 말했다.

"물을 뿌리면 나는 끝장이라는 것을 몰랐니?"

마녀가 절망적인 목소리로 울부짖으며 말했다.

"당연히 몰랐죠. 내가 어떻게 알겠어요?"

도로시가 대답했다.

"잠시 후에 나는 녹아 없어질 거고 넌 성의 주인이 될 거다. 난 사악하게 살아왔지만 너처럼 작은 소녀가 나를 녹이고 나의 사악한 행동을 끝낼 줄은 꿈에도 몰랐다. 조심해라. 나는 이제 간다!"

이 말을 남기고 마녀는 갈색의 흐물흐물한 덩어리가 되어 깨끗한 부엌 바닥으로 퍼져 나갔다. 정말로 마녀는 녹아 없어진 것 같았다. 도로시는 물 한 양동이를 더 부어서 덩어리들을 문 밖으로 쓸어 냈다. 그리고 마녀가 사라진 자리에 덩그러니 남아 있는 은 구두 한 짝을 집어 잘 씻은 다음 천으로 닦아서 다시 신었다. 원하던 대로 자유의 몸이 된 도로시는 마당으로 달려 나가 사자에게 서쪽의 사악한 마녀는 죽었으니 더 이상 낯선 땅의 노예로 붙잡혀 있을 필요가 없다고 말했다.

13
친구들을 구하다

겁쟁이 사자는 사악한 마녀가 물 한 양동이에 녹아 없어졌다는 말에 아주 기뻐했다. 도로시는 곧장 우리 문을 열고 사자를 자유롭게 해 주었다. 그들은 함께 성으로 가서 모든 윙키들을 불러 모아 그들은 더 이상 노예가 아니라고 알렸다.

항상 그들을 잔인하게 대했던 사악한 마녀를 위해 몇 년 동안 힘들게 일했던 노란 윙키들은 정말 기뻐했다. 그들은 이날을 명절로 정하고 춤을 추며 축제를 즐겼다.

"우리 친구 허수아비와 양철 나무꾼만 곁에 있으면 정말 행복할 텐데."

사자가 말했다.

"그들을 구할 수 없을까?"

도로시가 걱정스럽게 물어보았다.

"해 보자."

사자가 대답했다.

그들은 노란 윙키를 불러서 친구들을 구하는 것을 도와주겠냐고 물었다. 윙키들은 그들을 속박에서 벗어나게 해 준 도로시에게 도움이 된다면 기쁘다고 했다. 그래서 도로시는 현명해 보이는 윙키 몇 명을 골라 함께 출발했다. 하루가 지나고 이틀이 지나 그들은 양철 나무꾼이 찌그러진 채 누워 있는 바위 평원에 도착했다. 나무꾼의 도끼는 근처에 있었지만 날은 녹슬었고 자루는 부러져 있었다.

윙키들은 나무꾼을 조심스레 팔로 들어 노란 성으로 데리고 갔다. 도로시는 친구의 망가진 모습을 보고 눈물을 쏟았다. 사자도 안타까워했다. 성에 도착하고 나서 도로시는 윙키들에게 물었다.

"당신들 중에 대장장이가 있나요?"

"그럼요. 우리 중 몇몇은 정말 훌륭한 대장장이랍니다."

윙키가 말했다.

"그럼 그분들을 데려와 주세요."

도로시가 말했다. 곧 대장장이들이 연장 가방을 들고 왔다.

"양철 나무꾼의 찌그러진 곳을 펴 줄 수 있겠어요? 원래 모양대로 구부려 주고 부서진 곳을 땜질해 주세요."

도로시가 물었다.

대장장이들은 나무꾼을 주의 깊게 살피고 원래대로 고칠 수 있다고 대답했다. 그들은 성안의 커다란 노란 방에서 일을 시작했다. 머리와 몸과 팔다리를 삼 일 밤낮으로 망치질하고 구부리고 땜질하고 닦고 두드린 후에야 양철 나무꾼은 옛날 모습을 되찾았다. 관절도 잘 움직였다.

대장장이들이 양철 나무꾼을 고쳐 주는 동안 금세공업자인 또 다른 윙키는 부러진 도끼 자루 대신에 나무꾼의 도끼에 꼭 맞는 금으로 된 도끼 자루를 만들어 주었다. 또 다른 윙키는 녹이 사라지고 은처럼 빛날 때까지 도끼를 닦고 날을 세웠다. 대장장이가 일을 잘했지만 양철 나무꾼에게는 덧댄 자국이 몇 개 생기고 말았다. 나무꾼은 원래 외모에 신경 쓰는 사람이 아니라서 덧댄 자국을 전혀 마음에 두지 않았다.

드디어 양철 나무꾼이 도로시의 방으로 들어와서는 그를 구해 줘서 고맙다고 인사했다. 나무꾼은 매우 좋아서 기쁨의 눈물을 흘렸고 도로시는 턱 관절이 녹슬까 봐 앞치마로 그의 얼굴에 흐르는 눈물을 조심스레 닦아 주었다. 옛 친구와 다시 만난 도로시도 기쁨의 눈물을 흘렸지만 닦을 필요는 없었다. 사자도 꼬리 끝으로 젖은 눈을 자꾸 훔쳤다. 결국 꼬리가 흠뻑 젖어 버린 사자는 마당으로 나가 햇빛에 말려야 했다.

도로시가 무슨 일이 있었는지 그간의 모든 이야기를 끝마쳤을 때 양철 나무꾼이 말했다.

"허수아비가 옆에 있으면 정말 행복할 텐데."

"우린 반드시 허수아비를 찾아야 해."

도로시가 말했다.

도로시는 윙키를 불러 도와 달라고 말했다. 그들은 모두 이틀을 걸어서 날개 달린 원숭이들이 허수아비의 옷을 던져 놓은 높은 나무까지 갔다. 아주 높은 나무였고 둥치가 너무 부드러워서 아무도 올라갈 수 없었다. 그때 양철 나무꾼이 말했다.

"내가 나무를 벨게. 그러면 허수아비의 옷을 찾을 수 있을 거야."

양철 나무꾼은 말을 끝마치자마자 도끼질을 시작했고 나무는 금방 한쪽으로 큰 소리를 내며 쓰러졌다. 허수아비의 옷은 가지에서 떨어져 땅으로 굴렀다. 도로시가 옷을 집어 들어서 윙키와 함께 성으로 돌아왔다. 성에서 그들은 깨끗하고 향기로운 지푸라기로 허수아비의 속을 채웠다. 허수아비는 전과 같은 모습이 되어 그들에게 구해 줘서 고맙다고 몇 번이나 인사했다. 다시 모인 도로시와 친구들은 필요한 모든 것이 있는 편안한 노란 성에서 즐겁게 며칠을 보냈다.

어느 날 도로시는 엠 아줌마 생각이 나서 말했다.

"우린 오즈한테 돌아가서 마법사에게 약속을 지키라고 해야 해."

"그래, 드디어 심장을 갖게 되는구나."

양철 나무꾼이 말했다.

"난 뇌를 갖게 될 거야."

허수아비가 즐겁게 말했다.

"난 용기를 얻게 되겠지."

사자가 생각에 잠겨 말했다.

"난 캔자스로 돌아갈 수 있어."

도로시가 박수를 치며 외쳤다.

"내일 당장 출발하자."

다음 날 그들은 윙키를 모두 불러 작별 인사를 했다. 윙키는 그들이 떠나는 것을 매우 아쉬워했다. 특히 양철 나무꾼에게 정이 든 윙키들은 그에게 이곳에 머물면서 서쪽의 노란 나라를 통치해 달라고 했다. 하지만 떠나기로 한 그들의 결심이 확고하다는 것을 안 윙키들은 토토와 사자에게 금목걸이를 주었다. 도로시에게는 아름다운 다이아몬드 팔찌를 주었고, 허수아비에게는 넘어지지 않도록 손잡이가 금으로 장식된 지팡이를 주었다. 양철 나무꾼에게는 귀한 보석과 금으로 장식한 은 기름통을 주었다. 친구들은 윙키에게 감사의 말을 하고 손이 아플 때까지 모두와 악수했다.

도로시는 마녀의 찬장에서 먹을 것을 꺼내 바구니를 가득 채웠다. 거기서 도로시는 황금 모자를 보았다. 모자를 한번 써 봤는데 도로시에게 꼭 맞았다. 도로시는 황금 모자의 마법에 대해서는 아무것도 몰랐다. 다만 모자가 예뻤고 그래서 쓰고 가기로 마음먹고 자신의 모자는 바구니에 넣어 두었다.

여행 준비가 끝나고 나서 그들은 에메랄드 시로 출발했다. 윙키들은 그들을 위해 만세를 부르며 행운을 빌어 주었다.

14
날개 달린 원숭이

에메랄드 시와 사악한 마녀의 성 사이에는 길이 없었다. 네 명의 친구들이 마녀를 찾아왔을 때는 마녀가 그들이 오는 것을 보고 날개 달린 원숭이를 시켜 그들을 데려오게 했다. 미나리아재비와 노란 데이지가 군데군데 피어 있는 넓은 들판에서 길을 찾는 것은 생각보다 어려웠다. 물론 태양이 떠오르는 동쪽으로만 가면 된다는 것을 알고 있었다. 처음에는 바른 방향으로 걸어갔다. 하지만 정오가 되자 태양은 그들 머리 위로 올라갔고 어느 쪽이 동쪽인지 서쪽인지 알 수 없게 되었다. 결국 그들은 넓은 들판에서 길을 잃고 말았다. 하지만 계속 걸었고 밤이 되어 달빛이 밝게 비칠 때 허수아비와 양철 나무꾼만 빼고 모두 달콤한 노란 꽃향기를 맡으며 아침까지 곤히 잠들었다.

다음 날 아침 태양은 구름 뒤에 숨어 있었지만 그들은 어디로 가야 하는지 아는 듯이 출발했다.

"계속 걸으면 언젠간 어디에 닿겠지."

도로시가 말했다.

하지만 하루, 이틀이 지나도 주홍색 꽃밭 말고는 아무것도 볼 수 없었다. 허수아비가 툴툴대기 시작했다.

"우린 길을 잃은 게 분명해. 얼른 에메랄드 시로 가는 길을 찾지 못한다면 난 절대 뇌를 얻을 수 없을 거야."

허수아비가 말했다.

"나도 심장을 얻지 못하겠지. 오즈를 만날 때까지 못 기다릴 것 같아. 난 너무 지쳤어. 어쨌든 이건 아주 긴 여행이라는 것을 인정해야 해."

양철 나무꾼이 말했다.

겁쟁이 사자가 훌쩍이며 말했다.

"어디에도 닿지 않고 영원히 걷기만 하다가는 용기를 얻지 못할 거야."

도로시도 자포자기해서 잔디 위에 주저앉은 채 친구들을 바라보았다. 그들도 앉아서 도로시를 바라보았다. 토토도 처음으로 자기 머리 위를 날아다니는 나비를 쫓고 싶은 마음이 들지 않을 만큼 지쳐서 혀를 빼고 헐떡거리며 이제 어떻게 할까 묻는 것처럼 도로시를 바라보았다.

"들쥐들을 부르는 건 어때? 쥐들은 우리에게 아마 에메랄드 시로 가는 길을 알려 줄 거야."

도로시가 제안했다.

"그럴 거야. 왜 그 생각을 못했을까?"

허수아비가 외쳤다.

도로시는 항상 목에 걸고 다니는 여왕 들쥐가 준 작은 호루라기를 불었다. 잠시 후에 작은 발이 사사삭 하는 소리가 들리더니 수많은 작은 회색 쥐들이 도로시를 향해 달려왔다. 그들 중에는 여왕도 있었다. 여왕이 찍찍대는 작은 목소리로 물었다.

"친구들, 무엇을 도와 드릴까요?"

"우린 길을 잃었어요. 에메랄드 시로 가는 길을 알려 주세요."

도로시가 말했다.

"당연히 알려 드리지요. 하지만 아주 먼 길이랍니다."

그때 여왕 들쥐는 도로시의 황금 모자를 보고 말했다.

"왜 모자의 마법을 쓰지 않나요? 날개 달린 원숭이들을 불러내세요. 원숭이들이 당신들을 오즈의 나라로 한 시간 안에 데려다 줄 텐데."

"마법 모자인 줄 몰랐어요. 주문이 뭐지요?"

도로시가 놀라서 말했다.

"주문은 황금 모자 안에 쓰여 있어요. 하지만 당신이 날개 달린 원숭이를 부르겠다면 우린 이만 가야겠어요. 그들은 장난이

심해서 우리를 괴롭히는 것을 아주 재미있어 하죠."

여왕 들쥐가 대답했다.

"원숭이들이 우리를 해치지 않을까요?"

도로시가 걱정스럽게 물었다.

"그들은 모자를 쓰고 있는 사람에게 절대 복종한답니다. 그럼 안녕!"

여왕 들쥐는 다른 들쥐들과 함께 서둘러 뛰어가 버렸다.

도로시가 황금 모자의 안쪽을 보니 과연 글씨가 쓰여 있었다. 도로시는 주문을 주의 깊게 읽고 나서 황금 모자를 다시 썼다.

"엡-페, 펩-페, 칵-케!"

도로시는 왼쪽 발로 서서 말했다.

"뭐라고 한 거니?"

도로시가 뭘 하고 있는지 모르는 허수아비가 물었다.

"힐-로, 홀-로, 헬-로!"

이번에는 오른쪽 발로 서서 도로시는 계속했다.

"나도 헬로!"

양철 나무꾼이 차분하게 말했다.

"지즈-지, 주즈-지, 직!"

도로시가 두 다리로 서서 말했다.

주문이 끝나자 와글와글 떠드는 소리와 함께 날개 달린 원숭이 무리가 그들을 향해 날아왔다.

원숭이 왕이 도로시 앞에 고개를 숙이고 물었다.

"무엇을 도와 드릴까요?"

"우린 에메랄드 시로 가길 원한다. 우린 길을 잃었거든."

도로시가 말했다.

"옮겨다 드리지요."

원숭이 왕의 대답이 채 끝나기도 전에 두 마리의 원숭이가 도로시를 안고 날아가 버렸다. 다른 원숭이들이 허수아비와 양철 나무꾼과 사자를 들고 갔고 작은 원숭이 하나는 물려고 발버둥 치는 토토를 들고 그 뒤를 따라갔다.

처음에 허수아비와 양철 나무꾼은 날개 달린 원숭이들이 전에 그들에게 아주 심한 짓을 한 것이 기억나서 아주 무서웠다. 하지만 그들이 아무런 악의가 없는 것을 알고는 발아래 펼쳐진 아름다운 들판과 숲을 감상하며 즐겁게 공중을 날아갔다.

도로시는 커다란 두 마리의 원숭이에게 안겨 편안하게 날아갔다. 그중 하나는 원숭이 왕이었다. 그들은 팔로 의자를 만들었고 도로시가 떨어지지 않게 조심했다.

"왜 황금 모자의 마법에 복종을 하게 되었니?"

도로시가 물었다.

"그건 긴 이야기지요. 하지만 어차피 오래 여행해야 하니까 원한다면 이야기해 드리지요."

원숭이 왕이 날개를 퍼덕이며 말했다.

"듣고 싶어."

도로시가 대답했다.

원숭이 왕이 말을 시작했다.

"한때는 우리도 넓은 숲속에서 행복하게 살던 자유로운 원숭이였지요. 나무에서 나무로 옮겨 다니고 도토리와 과일을 먹고 주인이라 부르는 이 없이 하고 싶은 대로 하고 살았지요. 그때 아마 우리 중 몇 명은 다소 장난 끼가 지나쳤다 봅니다. 날개가 없는 동물들의 꼬리를 잡아당기고 새들을 쫓고 숲속을 걷는 사람에게 도토리를 던졌어요. 우린 조심성 없이 다만 행복했고 재미만 쫓았습니다. 그날의 순간순간을 즐겼지요. 이건 몇십 년 전 일입니다. 구름 속에서 오즈가 나타나서 이 나라를 지배하기 전이었죠.

그때 북쪽에 강력한 마법사이기도 한 아름다운 공주님이 사셨어요. 그녀는 사람들을 돕는 데만 마법을 사용했고 착한 사람들은 다치게 하는 법이 없었습니다. 그녀의 이름은 게일레트예요. 그녀는 루비로 지어진 멋진 성에 살았어요. 모두 그녀를 사랑했지만 그녀는 사랑할 만한 사람을 찾을 수 없어 슬펐어요. 아름답고 현명한 그녀에 비하면 모든 남자들은 바보 같고 못생겼거든요. 드디어 그녀는 잘생기고 남자답고 나이에 비해 현명한 소년을 찾았어요. 게일레트는 소년이 자라면 남편으로 맞으리라 마음먹고 소년을 루비 성으로 데려와서 그녀의 모든 마법을 사용해서 그를 어떤 여자라도 반할 만큼 강하고 착하고 사랑스러운 남자로 키웠죠. 소년의 이름은 퀠랄라였습니다. 소년이 자라 어른이 되었을 때 세상에서 가장 훌륭하고 현명한 남자가 되어 있었습니다. 또한 잘생기기도 해서 게일레트는 그를 정말 사랑하게 되어 서둘러 결혼 준비를 했죠.

그 시절 날개 달린 원숭이의 왕은 제 할아버지였고 게일레트의 성 근처의 숲에서 살았어요. 할아버지는 밥 먹듯이 장난을 쳤죠. 결혼식 전날, 할아버지는 무리를 이끌고 날아가다가 퀠랄라가 강 옆을 걷고 있는 것을 보았죠. 그는 핑크색 비단과 보라색 벨벳으로 된 화려한 옷을 입고 있었습니다. 할아버지는 무엇을 해야 할지 알았죠. 그의 명령에 따라 원숭이 무리는 날아가서 퀠랄라를 잡아 강 한가운데까지 날아가서 빠뜨렸어요.

'수영해서 나오렴. 귀여운 녀석.'

할아버지가 외쳤어요.

'그리고 옷에 물이 묻어 얼룩지지 않게 조심하렴.'

묵직한 옷을 입고 허우적대지 않을 만큼 영리했던 퀠랄라는 웃으며 물위로 떠오를 때까지 기다렸다가 강가까지 수영해서 나왔지요. 그런데 게일레트가 그에게 달려와서 그의 예복이 강물에 망가진 것을 본 거예요.

화가 난 공주는 누가 그랬는지를 알고 모든 날개 달린 원숭이를 그녀 앞으로 불렀습니다. 그녀는 처음에 퀠랄라를 위협한 것과 똑같이 원숭이들의 날개를 묶어서 강에 빠뜨리겠다고 했습니다. 할아버지는 원숭이들이 날개가 묶인 채로 물에 빠지면 익사할까 봐 열심히 용서를 빌었고 퀠랄라도 원숭이들을 용서해 주자고 했지요. 그래서 게일레트는 황금 모자 주인의 부탁을 세 번 들어줘야 한다는 조건을 달고 원숭이들을 풀어 주었죠. 퀠랄라의 결혼 선물로 만들어진 그 모자의 가치는 공주의 나라의 반과 맞먹는다고 해요. 당연히 할아버지와 다른 원숭이들은 그 조건을 받아들였고 그래서 우린 모자 주인이라면 누구든 간에 그의 부탁을 세 번 들어줘야 하는 노예가 된 겁니다."

"그들은 어떻게 됐어?"

도로시가 흥미로워하며 물었다.

"퀠랄라는 황금 모자의 첫 번째 주인이 되었지요."

원숭이 왕이 대답했다.

"그는 자신의 바람을 우리에게 말한 첫 번째 사람이지요. 그는 공주와 결혼하고 나서 우리 모두를 숲에 불러 놓고 신부가 날개 달린 원숭이들을 싫어하니 절대로 그녀 눈에 띄지 말라고 명령했어요. 모두 그녀를 두려워한 터라 기꺼이 명령을 따랐지요."

"이것이 황금 모자가 서쪽의 사악한 마녀의 손에 들어가기 전의 전부예요. 마녀는 우리에게 윙키를 노예로 만들라고 했고 후에 오즈를 서쪽 나라에서 내쫓으라고 했지요. 이제 황금 모자는 당신 것이니 당신은 우리에게 세 번 명령할 권리가 있어요."

원숭이 왕의 이야기가 끝나고 나서 도로시가 아래를 내려다보니 에메랄드 시의 빛나는 녹색 성벽이 보였다. 도로시는 원숭이들이 빨리 날아서 놀라웠고 여행이 벌써 끝나게 되어 아쉬웠다. 날개 달린 원숭이들은 친구들을 성문 앞에 조심스레 내려놓았다. 왕은 도로시에게 공손하게 인사하고 무리를 데리고 훌쩍 날아가 버렸다.

"정말 재미있는 비행이었어."

도로시가 말했다.

"그래, 정말 빨리 도착했네. 그 놀라운 모자를 가져오다니 정말 다행이야!"

사자가 말했다.

15
무서운 오즈의 정체

네 명의 친구들은 에메랄드 시의 커다란 문으로 가서 종을 울렸다. 몇 번 종을 울린 후에 전과 같은 문지기가 문을 열고 그들을 맞았다.

"뭐야! 자네들 다시 돌아온 거야?"

그가 놀라서 물었다.

"돌아온 거 안 보여요?"

허수아비가 대답했다.

"하지만 난 너희가 서쪽의 사악한 마녀를 만나러 간 줄 알았는데."

"만났지요."

허수아비가 말했다.

"그런데 마녀가 너희가 그냥 가게 놔두었다고?"

문지기가 놀라서 물었다.

"그럴 수가 없었지요. 마녀는 녹았으니까요."

허수아비가 설명했다.

"녹았다니! 정말 좋은 소식이군. 누가 마녀를 녹였지?"

문지기가 물었다.

"도로시예요."

사자가 엄숙하게 말했다.

"세상에!"

문지기가 도로시 앞에서 고개를 푹 숙여 인사하며 외쳤다.

그는 전처럼 그들을 작은 방으로 안내해서 커다란 상자에서 안경을 꺼내 그들의 눈에 씌어 주고 나서 에메랄드 시의 성문을 열어 주었다. 문지기에게 도로시가 서쪽의 사악한 마녀를 죽였다는 소식을 들은 사람들은 도로시와 친구들 주변에 모여들어서 오즈의 성까지 따라왔다.

여전히 녹색 수염의 군인이 성문을 지키고 있었지만 도로시와 친구들을 즉시 들여보내 주었다. 그들은 다시 아름다운 녹색 하녀와 만났다. 녹색 하녀는 그들을 전과 같은 방으로 안내해 주었고 그들은 위대한 마법사 오즈가 만나 줄 때까지 쉴 수 있었다.

군인은 곧장 오즈에게 도로시와 그 친구들이 서쪽의 사악한 마녀를 죽이고 다시 돌아왔다고 알렸다. 하지만 오즈는 아무 대답이 없었다. 그들은 위대한 마법사가 당장 그들을 만나 줄 것이라고 믿었는데 그는 만나 주지 않았다.

다음 날에도 그다음 날에도 또 그다음 날에도 아무 말이 없었다. 기다리는 일은 그들을 지겹고 지치게 했다. 자신들을 서쪽 나라에 보내서 힘든 일을 겪게 하고 노예가 되도록 해 놓고 이제 와서 형편없이 대하는 데 마침내 짜증이 났다.

참다못해 허수아비가 오즈에게 전해 달라며 녹색 하녀에게 말했다. 즉시 우리를 만나 주지 않으면 날개 달린 원숭이를 불러서 오즈가 약속을 지킬 것인지 아닌지 알아보겠다고 한 것이다.

이 말을 전해 들은 오즈는 아주 무서워하며 다음 날 아침 9시 4분에 왕실로 오라고 전했다. 서쪽 나라에서 날개 달린 원숭이를 한 번 만난 적이 있었던 오즈는 다시는 그들을 만나고 싶지 않았다.

네 명의 친구들은 오즈가 약속했던 선물을 생각하며 밤을 새웠다. 도로시는 깜빡 잠들었다가 캔자스로 돌아간 꿈을 꿨다. 꿈속에서 엠 아줌마는 도로시가 다시 집으로 돌아와서 매우 기쁘다고 말했다.

다음 날 아침 9시가 되어 녹색 수염의 군인이 그들에게 왔고 4분 후에 모두 함께 위대한 마법사 오즈의 왕실로 들어갔다. 그들은 각자 오즈가 전에 봤던 모습일 것이라고 기대했다. 그러나 방이 텅 빈 채 아무도 보이지 않자 깜짝 놀랐다. 텅 비어 있는 방은 전에 보았던 오즈의 어떤 모습보다 더 무서웠다. 그래서 그들은 서로 몸을 붙인 채 문가에 서 있었다.

그때 돔 모양 천장에서 엄숙한 목소리가 들렸다.

"나는 위대하고 무서운 오즈다. 왜 나를 찾아왔느냐?"

그들은 방을 구석구석 살펴보았지만 아무도 없었다.

도로시가 물어보았다.

"당신은 어디에 있나요?"

"나는 어디에나 있다. 나는 평범한 사람에게 보이지 않는다. 나는 지금 옥좌에 앉아 있으니 하고 싶은 말이 있으면 하여라."

목소리가 대답했다.

정말로 옥좌가 말을 하는 것 같았다. 그래서 그들은 옥좌로 걸어가 나란히 섰다.

도로시가 물어보았다.

"우리와 한 약속을 지켜 주세요. 오즈."

"어떤 약속이지?"

오즈가 물었다.

"당신은 서쪽의 사악한 마녀를 죽이면 나를 캔자스로 돌려보내 주겠다고 약속했어요."

도로시가 말했다.

"당신은 내게 뇌를 주겠다고 약속했어요."

허수아비가 말했다.

"당신은 내게 심장을 주기로 약속했어요."

양철 나무꾼이 말했다.

"당신은 내게 용기를 주기로 했어요."

겁쟁이 사자가 말했다.

"사악한 마녀가 정말로 죽었느냐?"

목소리가 물었다. 도로시는 목소리가 살짝 떨리는 것 같다고 생각했다.

"그렇습니다. 제가 마녀에게 물을 부어 녹여 버렸어요."

도로시가 대답했다.

"저런, 갑작스럽군! 내일 다시 오너라. 나는 생각할 시간이 필요하다."

목소리가 말했다.

"이미 생각할 시간이 많았을 텐데요."

양철 나무꾼이 화난 목소리로 말했다.

"하루 더 기다릴 수 없습니다."

허수아비가 말했다.

"당신은 우리에게 한 약속을 지켜야 해요!"

도로시가 소리쳤다.

사자는 마법사가 무서웠지만 아주 우렁차게 울부짖었다. 그 소리가 너무 무섭고 끔찍해서 토토는 깜짝 놀라서 튀어나오다가 구석에 있던 칸막이를 넘어뜨렸다. 칸막이가 쓰러지는 소리에 모두 그쪽을 보았다. 그곳에는 머리가 벗겨지고 주름진 얼굴의 작고 늙은 남자가 그들만큼이나 놀란 얼굴로 서 있었다. 양철 나무꾼은 도끼를 들고 작은 남자를 향해 달려가서 외쳤다.

"넌 누구냐?"

"난 위대하고 무서운 오즈야."

작은 남자가 떨리는 목소리로 말했다.

"하지만 죽이지 마. 제발. 해 달라는 대로 다 할게."

친구들은 놀라고 실망해서 그를 바라보았다.

"난 오즈가 커다란 머리라고 생각했어."

도로시가 말했다.

"난 오즈가 아름다운 여인인 줄 알았어."

허수아비가 말했다.

"난 오즈가 무서운 짐승이라고 생각했어."

양철 나무꾼이 말했다.

"난 오즈가 불덩이인 줄 알았어."

사자가 외쳤다.

"아니, 모두 틀렸어. 내가 그렇게 믿도록 만든 거지."

오즈가 온순하게 말했다.

"믿게 만들었다고? 아저씨는 위대한 마법사 아닌가요?"

도로시가 외쳤다.

"그렇게 크게 말하지 마. 누가 듣기라도 하면 내 인생은 끝장이야. 다들 내가 위대한 마법사인 줄 알고 있거든."

"그럼 아니란 말이에요?"

도로시가 물었다.

"전혀 아니야. 나는 그냥 평범한 사람일 뿐이야."

"당신은 평범한 사람이 아니에요. 사기꾼일 뿐이죠."

허수아비가 비통한 목소리로 말했다.

"맞아! 난 사기꾼이야."

오즈가 빌듯이 두 손을 비비며 말했다.

"정말 끔찍하군. 그러면 난 어떻게 심장을 얻지?"

양철 나무꾼이 말했다.

"내 용기는 어쩌고?"

사자가 물었다.

"내 뇌는?"

허수아비가 소매로 눈물을 닦으며 말했다.

"친구들, 난 너희가 내 작은 비밀을 말하지 않았으면 하네. 내 생각도 좀 해 줘. 내가 발각되면 어찌 될지를."

오즈가 말했다.

"당신이 사기꾼이라는 것을 아는 사람이 아무도 없나요?"

도로시가 물었다.

"너희 네 명 말고는 아무도 몰라."

오즈가 대답했다.

"나는 오랫동안 사람들을 속여 왔기 때문에 절대 발각되지 않을 줄 알았어. 왕실에 너희를 모두 들어오게 한 것은 정말 큰 실수야. 내가 무섭다는 걸 믿게 하려고 난 시종조차 만나지 않았거든."

"하지만 이해할 수가 없어요. 내가 본 커다란 머리는 뭐죠?"

도로시가 말했다.

"내 속임수 중에 하나야. 이쪽으로 와 보렴. 모든 것을 알려 줄게."

오즈가 대답했다.

그는 왕실 뒤의 작은 방으로 그들을 데려갔다. 한쪽 구석에 두꺼운 종이로 만든 세심하게 칠한 커다란 머리가 있었다.

"이것을 철사로 천장에 매달고, 나는 칸막이 뒤에 서서 실을 당겨서 눈과 입을 움직이게 하는 거지."

오즈가 말했다.

"목소리는 어떻게 된 거예요?"

도로시가 물었다.

"난 복화술을 할 줄 알아. 내가 원하는 곳으로 목소리를 낼 수가 있어. 그래서 네가 목소리가 머리에서 나온다고 생각한 거야. 너를 속인 또 다른 속임수지."

오즈가 말했다.

그는 허수아비에게 자신이 입었던 아름다운 여인의 드레스와 가면을 보여 주었다. 양철 나무꾼의 무서운 짐승은 형체를 잡기 위해 나무 조각을 대고 많은 가죽을 덧댄 것일 뿐이었다. 불덩이는 솜뭉치 위에 기름을 부어 무섭게 불타게 해서 가짜 마법사가 천장에 걸어 놓은 것이었다.

"자신이 사기꾼이라는 걸 정말 스스로 부끄러워해야 해요."

허수아비가 말했다.

"암, 분명히 그래야지."

오즈가 서글픈 목소리로 대답했다.

"하지만 내겐 그 방법밖에 없었어. 여기 의자가 많이 있으니 앉아서 내 얘길 들어 봐."

그들은 앉아서 오즈의 이야기를 들었다.

"난 오마하에서 태어났지."

"어머, 캔자스에서 그리 멀지 않은 곳이에요!"

도로시가 외쳤다.

"그렇지. 하지만 여기서는 아주 먼 곳이지."

그는 도로시를 향해 슬프게 머리를 끄덕이며 말했다.

"나는 자라서 복화술사가 되었어. 좋은 선생님에게 배워서 복화술을 아주 잘했지. 나는 어떤 종류의 새나 짐승의 소리도 흉내 낼 수 있었지."

여기서 그는 고양이처럼 야옹거렸고 이 소리에 토토는 귀를 쫑긋 세우고 고양이가 어디에 있나 사방을 둘러보았다.

"시간이 흘러 복화술도 지겨워져서 열기구를 타기 시작했지."

"그게 뭐예요?"

도로시가 물었다.

"서커스가 열리는 날에 큰 풍선을 타고 올라가서 사람들의 시선을 끌어모아 서커스를 보러 오게 만드는 거야."

그가 설명했다.

"오, 알겠어요."

도로시가 말했다.

"어느 날 열기구를 타고 올라갔다가 밧줄이 엉켜서 다시 내려오지 못했어. 열기구는 구름 너머로 올라가서 기류에 휘말려 수백 킬로미터를 흘러갔어. 나는 꼬박 하루 밤낮을 여행했지. 다음 날 아침 깨어나 보니 열기구가 낯설고 아름다운 나라 위를 날고 있었지.

열기구가 천천히 땅으로 내려앉아 난 조금도 다치지 않았어. 나는 이상한 사람들에게 둘러싸였다. 그들은 내가 구름 속에서 나온 것을 보고 위대한 마법사라고 생각했어. 당연히 나는 그들이 그렇게 생각하도록 내버려 두었어. 그들은 내가 두려워서 내가 원하는 것은 뭐든지 들어주겠다고 약속했거든.

단순히 나 좋으라고, 그리고 착한 사람들을 바쁘게 만들려고 나는 도시와 궁전을 건설하라고 명령했지. 그들은 기꺼이 이 모든 것을 잘 해냈어.

이곳에 푸른 들판이 많고 아름다워서 나는 에메랄드 시라고 부르기로 했지. 그 이름에 걸맞게 난 모든 사람들에게 녹색 안경을 씌워 모든 것이 녹색으로 보이게 했어."

"하지만 이곳의 모든 것이 녹색 아닌가요?"

도로시가 물었다.

"아니야, 다른 도시와 다를 바 없어. 녹색 안경을 썼기 때문에 보는 것이 모두 녹색으로 보일 뿐이야."

오즈가 대답했다.

"에메랄드 시는 몇십 년 전에 건설되었고 처음 열기구를 타고 왔을 때 나는 젊은이였지만 지금은 아주 늙고 말았지. 나의 시민들은 녹색 안경을 오랫동안 쓰고 있어서 대부분 진짜로 에메랄드 시의 모든 것은 녹색이라고 생각해.

분명히 아름다운 도시긴 하지. 넘쳐 나는 보석과 귀중한 금속과 좋은 것들이 사람들을 행복하게 해 주지. 나는 시민들에게 잘 했고 그들도 나를 좋아했지. 하지만 성이 완성되고 나서 나는 스스로 성안에 갇혀서 아무도 만나지 않았어.

내가 가장 무서워하는 것은 마녀들이야. 나는 전혀 마법을 부릴 줄 몰랐지만 마녀들은 정말로 놀라운 일들을 할 수 있었어. 이 나라에는 네 명의 마녀들이 있어서 각각 동서남북을 다스렸어. 다행히 북쪽과 남쪽에 사는 마녀는 착한 마녀여서 나에게 아무 해도 끼치지 않았지만 서쪽과 동쪽의 마녀는 아주 사악해서 내가 그들보다 강하지 않다는 걸 알게 되면 날 죽일 게 분명했어. 그래서 나는 몇십 년 동안 사악한 마녀들을 아주 무서워했지.

너의 집이 서쪽의 사악한 마녀 위로 떨어져 마녀가 죽었다는 소식을 들었을 때 내가 얼마나 기뻐했는지 아니? 네가 나에게 왔을 때, 난 너에게 남아 있는 사악한 마녀 한 명을 해치워 주면 어떤 것이라도 들어주겠다고 약속했지. 네가 서쪽 마녀를 죽인 지금, 부끄럽지만 약속을 지킬 수 없다고 말할 수밖에 없구나."

"아저씨는 정말 형편없는 사람이군요."

도로시가 말했다.

"오, 아니야. 난 착한 사람이란다. 다만 형편없는 마법사라는 건 나도 인정해."

"나에게 뇌를 줄 수 없나요?"

허수아비가 물었다.

"넌 뇌가 필요 없어. 넌 매일 무언가를 배우잖아. 아기도 뇌를 가지고 있지만 아는 건 없어. 경험만이 앎을 가져다주지. 세상을 살면서 많은 경험을 할수록 지혜를 얻게 되는 거야."

"그게 사실일지도 모르지만 내게 뇌를 주지 않는다면 전 행복하지 않을 것 같네요."

가짜 마법사는 허수아비를 조심스럽게 바라보았다.

"그렇다면, 말했듯이 난 마법사는 아니지만 내일 아침에 오면 머리에 뇌를 넣어 주겠네. 그 뇌를 어떻게 사용하는지는 말해 줄 수 없어. 그건 스스로 찾아내야 해."

오즈가 한숨을 쉬며 말했다.

"오, 감사합니다. 감사합니다! 뇌를 사용하는 방법을 찾도록 할 테니 걱정 마세요."

허수아비가 외쳤다.

"내 용기는 주실 건가요?"

사자가 걱정스럽게 물어보았다.

"너는 이미 많은 용기를 가지고 있어."

오즈가 대답했다.

"네게 필요한 것은 자신감이야. 위험에 처했을 때 두려움을 느끼지 않는 생물은 아무도 없어. 진정한 용기는 두려울 때 위험에 맞서는 거야. 너는 그런 용기를 이미 많이 가지고 있단다."

"그럴지도 모르죠. 하지만 난 전과 같을까 봐 두려워요."

사자가 말했다.

"좋아, 내가 내일 그런 종류의 용기를 줄게."

오즈가 대답했다.

"내 심장은요?"

양철 나무꾼이 물었다.

"그거라면, 심장을 원하는 것이 바로 잘못이야. 심장은 대부분의 사람들을 불행하게 한단다. 넌 심장이 없어서 정말 행운이야."

"그건 당신 생각일 뿐이죠. 나는 당신이 심장을 주기만 한다면 그 모든 불행을 군소리 없이 받아들이겠어요."

양철 나무꾼이 말했다.

"좋아, 내가 내일 심장을 주겠네. 수년 동안 마법사 노릇을 해왔으니 하루 더 해도 되겠지."

오즈가 순순히 대답했다.

"나는 어떻게 캔자스로 돌아가죠?"

도로시가 물었다.

"생각해 보자. 너를 사막 너머로 옮길 방법을 생각해 보게, 내게 이삼 일만 줘. 그동안 내 시종들이 너의 작은 바람도 들어주고 너의 명령에 복종할 테니까 성에 머무르렴. 대신 한 가지 약속해야 할 일이 있다. 너희는 내 비밀을 지켜 주고 아무에게도 내가 사기꾼이라는 것을 말하면 안 된다."

그들은 자신들이 본 것을 아무에게도 말하지 않겠다고 약속하고 각자 방으로 기분 좋게 돌아갔다. 도로시도 '위대하고 무서운 사기꾼'이 캔자스로 그녀를 돌려보낼 방법을 찾을 것이라는 희망을 가졌다. 그러면 기꺼이 그를 용서해 주리라 마음먹었다.

16
위대한 사기꾼의 마법

다음 날 아침 허수아비가 친구들에게 말했다.

"축하해 줘. 드디어 오즈에게 뇌를 받으러 가. 돌아오면 난 다른 사람과 다를 바 없을 거야."

"난 지금 그대로의 너도 좋아."

도로시가 말했다.

"한낱 허수아비를 좋아한다니 정말 다정하네."

허수아비가 대답했다.

"하지만 나의 새 머리에서 놀라운 생각들이 나오는 것을 보면 날 더 좋아하게 될 거야."

그다음에 그는 친구들에게 신나는 목소리로 인사를 하고 왕실로 가서 문을 두드렸다.

"들어오렴."

오즈가 말했다.

방으로 들어가니 오즈가 창가에 앉아서 깊은 생각에 잠겨 있었다.

"뇌를 얻으러 왔어요."

허수아비가 약간 긴장해서 말했다.

"오, 그래. 저쪽 의자에 앉으렴."

오즈가 대답했다.

"먼저 네 머리를 떼야겠다. 뇌를 제 위치에 넣기 위해서 말이야."

"그렇군요. 떼도 좋아요. 당신이 다시 머리를 붙여 주었을 때 더 나은 머리가 되어 있다면요."

허수아비가 대답했다.

마법사는 허수아비의 머리를 떼서 짚을 빼냈다. 그리고 그는 뒷방으로 들어가서 겨에 핀과 바늘을 잔뜩 섞었다. 그것을 잘 흔들어서 허수아비 머리의 윗부분에 채우고 나머지에는 짚을 채워서 묶었다.

그리고 허수아비의 머리를 다시 몸에 붙여 주고 말했다.

"지금부터 너는 훌륭한 사람이 될 것이다. 내가 너에게 새로운 뇌를 주었기 때문이다."

허수아비는 자신의 가장 큰 소원이 성취되어 기쁘고 자랑스러워서 오즈에게 진심으로 감사하다고 인사하고 친구들에게로 왔다. 도로시는 허수아비를 호기심 어린 눈으로 바라보았다. 그의 머리는 뇌 때문에 위쪽이 불룩했다.

"느낌이 어때?"

도로시가 물어보았다.

"현명해진 느낌이야."

허수아비가 솔직하게 대답했다.

"뇌를 사용할 일이 생기면 모두 알게 되겠지."

"왜 바늘이랑 핀이 네 머리에서 삐져나와 있는 거지?"

양철 나무꾼이 물었다.

"허수아비의 머리가 날카롭다는 증거일 거야."

사자가 대답했다.

"나는 오즈에게 심장을 받으러 가야겠어."

양철 나무꾼이 말했다. 그는 왕실로 가서 문을 두드렸다.

"들어오렴."

오즈가 말했다.

"심장을 받으러 왔습니다."

양철 나무꾼이 말했다.

"좋아. 하지만 먼저 네 가슴에 구멍을 뚫어야 해. 그래야 심장을 제 위치에 놓을 수 있거든. 아프지 않았으면 좋겠군."

오즈가 대답했다.

"걱정 마세요. 저는 아픔을 느끼지 못한답니다."

양철 나무꾼이 대답했다.

오즈는 대장장이가 쓰는 절단기를 가져와서 양철 나무꾼의 왼쪽 가슴에 작고 네모난 구멍을 뚫었다. 그리고 서랍장으로 가서 톱밥을 채운 비단으로 만든 예쁜 하트 모양 심장을 꺼냈다.

"예쁘지 않니?"

오즈가 물었다.

"정말 예쁘네요."

양철 나무꾼이 아주 좋아하며 대답했다.

"그것도 따뜻한 심장인가요?"

"그럼. 아주 따뜻하지!"

오즈가 대답했다. 그는 심장을 양철 나무꾼의 가슴에 넣고 네모난 양철 조각을 다시 제자리에 맞춘 다음 꼼꼼히 땜질을 해 주었다.

"이제 너는 어떤 사람이라도 자랑스러워할 심장을 가졌다. 네 가슴에 흉터를 내서 정말 미안하지만 어쩔 수 없었단다."

"흉터는 신경 쓰지 마세요."

행복한 양철 나무꾼이 외쳤다.

"정말 감사드립니다. 당신의 친절을 절대 잊지 않을게요."

"그럴 필요 없어."

오즈가 대답했다.

양철 나무꾼이 그의 행운을 빌어 준 친구들에게 돌아왔다.

이번에는 사자가 왕실로 가서 문을 두드렸다.

"들어오렴."

오즈가 말했다.

"저는 용기를 얻으러 왔습니다."

사자가 방으로 들어서며 말했다.

"좋아. 내 너에게 용기를 주지."

오즈가 대답했다.

오즈는 찬장으로 가서 높은 선반에서 네모난 녹색 병을 꺼내서 아름답게 조각된 녹색 금으로 된 그릇 위에 병에 든 액체를 부었다. 이것을 겁쟁이 사자 앞에 놓았다. 사자는 그것이 싫은 듯 코를 킁킁거렸다. 마법사가 말했다.

"마셔."

"이게 뭔데요?"

사자가 물어보았다.

"네 안에 들어가면 이것은 용기가 될 것이다. 용기란 항상 내면에 있는 것이니까. 그래서 네가 마시기 전까지는 뭐라고 부를 수가 없구나. 그러니 얼른 마시도록 해라."

오즈가 대답했다.

사자는 더 이상 망설이지 않고 그릇이 빌 때까지 쭉 마셨다.

"이제 기분이 어떠니?"

오즈가 물었다.

"용기가 벅차올라요."

사자가 대답하고 즐거운 마음으로 친구들에게 가서 그의 소원이 이루어졌다고 말해 주었다.

오즈는 홀로 남아서 허수아비와 양철 나무꾼과 사자의 소원을 이루어 주었다는 생각에 슬며시 미소를 지었다.

"어떻게 내가 사기꾼이 되지 않을 수 있겠어. 아무도 못하는 일을 내가 해 주기를 바라는데? 허수아비와 사자와 나무꾼은 내가 무엇이든 할 수 있다고 믿었으니까 그들을 행복하게 하는 일은 쉬웠지만 도로시를 캔자스로 돌려보내는 일은 믿음만 가지고는 안 되겠는걸. 어떻게 해야 할지 모르겠군."

17
열기구가 떠오르다

도로시는 삼 일 동안 오즈에게 아무 소식도 듣지 못했다. 친구들은 모두 만족하고 행복해했지만 도로시에게는 슬픈 날들이었다. 허수아비는 친구들에게 자기 머릿속에는 놀라운 생각이 가득 들어 있다고 말했다. 하지만 허수아비는 자기 말고 다른 사람은 이해하지 못한다며 무엇인지 말해 주지 않았다. 양철 나무꾼은 걸을 때마다 심장이 가슴속에서 덜렁거리는 것이 느껴진다고 했다. 나무꾼은 이 심장이 자신이 사람이었을 때 가지고 있었던 심장보다 더 따뜻하고 친절하다고 했다. 사자는 이제 군대나 무서운 칼리다가 떼로 몰려와도 맞설 수 있을 만큼, 아무것도 두렵지 않다고 했다.

도로시만 빼고 모두 행복했다. 그래서 도로시는 전보다 더 캔자스로 돌아가고 싶어졌다.

넷째 날에 기쁘게도 오즈가 그녀를 불렀다. 도로시가 왕실로 들어가자 오즈가 인사했다.

"앉으렴. 너를 이 나라 밖으로 돌려보낼 방법을 찾았어."

"캔자스로요?"

도로시가 신나서 물었다.

"캔자스일지 아닐지는 나도 모르겠어."

오즈가 말했다.

"캔자스가 어느 쪽에 있는지 전혀 모르겠거든. 일단 해야 할 일은 사막을 건너는 거야. 그다음에 캔자스를 찾는 일은 쉬울 거야."

"제가 어떻게 사막을 건너지요?"

도로시가 물었다.

"내 생각을 말해 줄게."

오즈가 말했다.

"나는 이곳에 열기구를 타고 왔어. 너도 회오리바람을 타고 왔지. 그러니까 사막을 건너는 가장 좋은 방법은 날아가는 거야. 내가 회오리바람을 만들 수는 없지만 열기구는 만들 수 있지."

"어떻게요?"

도로시가 물었다.

"비단으로 열기구를 만드는 거야. 비단 위에 아교를 바르면 가스가 새어 나가지 않아. 궁전에는 비단이 많이 있으니까 열기구를 만드는 데 아무 문제없을 거야. 다만 이 나라에는 열기구를 떠오르게 할 가스가 없어."

"열기구가 날지 못한다면 아무 소용도 없잖아요."

도로시가 말했다.

"맞아, 하지만 열기구를 떠오르게 할 다른 방법도 있단다. 가스 대신 뜨거운 공기로 가득 채우는 거지. 다만 공기가 차가워져서 사막에 내려앉으면 우리가 죽을지도 모르니까 뜨거운 공기는 가스보다 나쁘긴 하지만."

오즈가 대답했다.

"우리라뇨? 저와 함께 갈 건가요?"

도로시가 외쳤다.

"그럼, 당연하지."

오즈가 대답했다.

"이제 사기꾼 노릇 하기도 지쳤어. 만약 내가 성에서 나가면 시민들은 내가 마법사가 아니라는 것을 알아챌 테고 그러면 그들을 속였다고 화를 내겠지. 이 방에 하루 종일 갇혀 있는 것도 이제 지겨워. 너와 함께 바깥세상으로 나가서 다시 서커스나 해야지."

"같이 가게 돼서 기뻐요."

도로시가 말했다.

"고마워. 비단 천을 꿰매는 일을 도와주렴. 이제 열기구 만드는 일을 시작해야 해."

오즈가 말했다.

도로시는 바늘과 실을 들고 오즈가 비단 천을 길게 잘라 주는 대로 깔끔하게 바느질을 했다. 첫 번째 천은 밝은 녹색 비단이었고 두 번째 천은 어두운 녹색이었고 세 번째 천은 에메랄드그린이었다. 오즈는 열기구에 다양한 녹색을 쓰고 싶어 했다. 모든 천을 다 꿰매는 데 삼 일이 걸렸고, 마침내 6미터가 넘는 녹색 비단 풍선이 완성되었다. 오즈는 공기가 새어나가지 않도록 풍선 안쪽에 얇게 아교를 칠한 후에 이렇게 말했다.

"우리가 타고 갈 바구니도 있어야 해."

그는 녹색 수염의 군인에게 커다란 세탁물 바구니를 가져오라고 했고 밧줄로 풍선의 아랫부분과 연결했다.

열기구가 완성되었을 때 오즈는 시민들에게 구름 위에 사는 위대한 마법사 형제를 만나러 간다고 알렸다. 그 소식은 온 도시에 빠르게 퍼졌고 모두 놀라운 광경을 보기 위해 모였다.

오즈는 열기구를 궁전 앞으로 옮기도록 명령했다. 사람들은 열기구를 호기심 어린 눈으로 바라보았다. 양철 나무꾼이 나무를 잔뜩 해 와서 불을 피웠다. 오즈는 모닥불에서 올라오는 뜨거운 공기가 비단 풍선 안으로 들어가도록 열기구 아래쪽을 불 위로 가져갔다. 풍선이 점차 부풀어 오르더니 바구니가 땅에서 살짝 떠올랐다.

오즈는 바구니로 들어가 모든 시민들에게 큰 소리로 말했다.

"이제 구름 위의 형제를 만나러 가겠습니다. 내가 없는 동안 허수아비가 대신 이 도시를 통치할 것입니다. 나에게 복종하듯 그에게 복종하십시오."

열기구를 땅에 고정한 밧줄이 팽팽해졌다. 이제 풍선 안을 가득 채운 공기가 뜨거워서 주변 공기보다 가벼워지자 열기구가 하늘로 떠오르려고 했다.

"이리 와, 도로시!"

마법사가 외쳤다.

"서둘러. 열기구가 곧 떠오를 거야."

"하지만 토토를 찾을 수가 없어요."

도로시는 도저히 토토를 두고 갈 수 없었다. 토토는 사람들 틈에서 고양이를 보며 짖고 있었다. 도로시는 토토를 겨우 붙잡아 안고 열기구를 향해 달렸다.

열기구에서 몇 발짝을 앞에 두었을 때, 오즈가 도로시를 돕기 위해 바구니에서 손을 내밀었다. 그 순간 땅에 묶어 놓은 밧줄이 끊기면서 열기구가 하늘 위로 날아올랐다.

"돌아와요. 나도 가고 싶단 말이에요!"

도로시가 소리쳤다.

"나도 돌아갈 수가 없단다. 안녕!"

오즈가 바구니에서 외쳤다.

"잘 가요!"

모두 소리쳤다. 모두 바구니를 타고 있는 오즈를 올려다보았다. 열기구는 점점 더 높은 하늘로 올라갔다.

그것이 그들이 본 위대한 마법사 오즈의 마지막 모습이었다. 그는 지금쯤 오마하에 안전하게 닿았을지도 모른다. 사람들은 그를 사랑했고 이렇게 기억했다.

"오즈는 항상 우리의 친구였어. 그가 여기 있을 때 우리를 위해 아름다운 에메랄드 시를 건설했지. 이제 그는 떠났고 현명한 허수아비가 우릴 다스리고 있지."

그래도 오랫동안 그들은 위대한 마법사를 그리워하며 슬퍼했다.

18
남쪽으로

도로시는 캔자스로 돌아갈 희망이 또다시 사라지자 상심해서 울었다. 하지만 나중에 다시 생각해 보니 열기구를 타고 가지 않아서 다행이었다. 도로시는 오즈와 헤어진 것이 아쉬웠고 친구들도 오즈가 가 버려서 슬퍼했다.

양철 나무꾼이 도로시에게 말했다.

"내게 사랑스런 심장을 준 사람이 떠났는데 슬퍼하지 않는다면 은혜도 모르는 사람이겠지. 조금 울고 싶은데, 내가 우는 동안 녹슬지 않게 눈물 좀 닦아줘."

"기꺼이."

도로시는 손수건을 가져왔다. 양철 나무꾼은 한동안 울었고, 도로시는 눈물이 흐를 때마다 손수건으로 잘 닦아 주었다. 다

울고 나서 양철 나무꾼은 도로시에게 고맙다고 인사하고 턱관절이 굳지 않도록 보석으로 장식된 기름통에 담긴 기름을 쳤다.

이제 허수아비가 에메랄드 시의 통치자가 되었다. 그가 마법사는 아니었지만 사람들은 그를 자랑스러워했다.

"허수아비가 다스리는 나라는 아무 데도 없을 거야."

그들의 말은 사실이었다.

오즈가 열기구를 타고 날아간 다음 날 아침, 친구들은 왕실에 모여서 이야기를 나눴다. 허수아비는 커다란 옥좌에 앉아 있었고 다른 친구들은 그 앞에 공손하게 서 있었다.

"우린 그다지 불행한 건 아니야."

새로운 통치자가 말했다.

"이 궁전과 에메랄드 시가 우리 것이고 우리 마음대로 할 수 있잖아. 얼마 전까지 나는 옥수수 밭의 장대에 걸려 있었지만, 지금은 이 아름다운 도시의 통치자야. 난 내 몫에 만족해."

"나도 역시 내 심장에 만족해. 정말로 내가 세상에서 가장 원하는 것은 이 심장 하나뿐이야."

양철 나무꾼이 말했다.

"나는 내가 세상 어떤 동물보다 용감하다는 것을 알게 되어서 만족해."

사자가 겸손하게 말했다.

"도로시만 에메랄드 시에 사는 것에 만족한다면 우린 모두 행복하게 살 수 있을 텐데.”

허수아비가 말했다.

“하지만 난 여기 살고 싶지 않아. 난 캔자스로 돌아가고 싶어. 엠 아줌마와 헨리 아저씨와 함께 살고 싶다고.”

도로시가 외쳤다.

“그렇다면 어떻게 해야 하지?”

나무꾼이 물었다.

허수아비는 생각하기 시작했다. 너무 열심히 생각해서 머릿속의 핀과 바늘이 삐져나왔다. 그리고 마침내 말했다.

“날개 달린 원숭이를 부르는 건 어때? 그들에게 사막 너머로 옮겨 달라고 요청하는 거야.”

“그 생각을 못 했네!”

도로시가 즐겁게 말했다.

“그러면 당장 황금 모자를 가지고 올게.”

도로시는 황금 모자를 왕실로 가져와서 마법의 주문을 외웠다. 곧 날개 달린 원숭이 무리가 열린 창문으로 날아 들어와서 그녀 앞에 섰다.

“두 번째로 저희를 부르셨습니다.”

원숭이 왕이 도로시에게 고개를 숙이며 말했다.

“원하는 것이 무엇입니까?”

“나를 캔자스로 데려다 주기를 바란다.”

도로시가 말했다.

하지만 원숭이 왕은 고개를 저었다.

"그건 어렵겠습니다."

그가 말했다.

"우린 이 땅에 속해 있어서 떠날 수가 없습니다. 어떤 날개 달린 원숭이도 캔자스에 가 본 적이 없고 앞으로도 가지 않을 것입니다. 우리 힘으로 할 수 있는 일이라면 어떤 일이라도 해 드리겠지만 우린 사막은 건널 수 없습니다. 안녕히 계세요."

그리고 다시 공손하게 인사하고 원숭이 왕은 무리와 함께 날개를 펄럭이며 창문으로 날아갔다.

도로시는 실망해서 눈물이 나올 지경이었다.

"쓸데없이 황금 모자의 마법만 낭비했네. 날개 달린 원숭이는 나를 도울 수 없어."

도로시가 말했다.

"정말 안됐다."

따뜻한 마음씨의 양철 나무꾼이 말했다.

허수아비는 다시 생각해 보았다. 도로시는 허수아비의 머리가 무섭게 부풀어 올라서 터질까 봐 두려웠다.

"녹색 수염의 군인을 불러서 조언을 들어 보자."

허수아비가 말했다.

군인은 오즈가 있을 때는 한번도 들어와 보지 못한 왕실로 쭈뼛쭈뼛 들어왔다.

"이 작은 소녀가 사막을 건너기를 원한다. 어떻게 해야 하느냐?"

허수아비가 군인에게 물었다.

"저도 잘 모르겠습니다. 오즈 말고는 아무도 사막을 건넌 사람이 없어요."

군인이 말했다.

"나를 도와줄 수 있는 사람이 아무도 없나요?"

도로시가 진지하게 물어보았다.

"글린다가 도와줄 수 있을지도 몰라요."

군인이 말했다.

"글린다가 누구지?"

허수아비가 물어보았다.

"남쪽 마녀입니다. 쿼들링을 지배하는 글린다는 가장 강력한 마녀지요. 게다가 글린다의 성이 사막 가까이에 있으니까 아마 사막을 건너는 법을 알지도 몰라요."

"글린다는 착한 마녀지요?"

도로시가 물어보았다.

"쿼들링들은 그녀가 착한 마녀라고 생각합니다."

군인이 말했다.

"글린다는 누구나에게 친절하지요. 저는 글린다가 수백 년 동안 늙지 않고 젊음을 유지하는 아주 아름다운 여인이라고 들었습니다."

"글린다의 성에는 어떻게 가나요?"

도로시가 물었다.

"남쪽으로 길이 있습니다."

군인이 대답했다.

"하지만 위험이 많은 길이라고 하더군요. 낯선 이들이 자신의 땅을 지나가는 것을 싫어하는 이상한 종족들과 야생동물이 있다고 합니다. 그래서 에메랄드 시까지 온 콰들링은 아무도 없었습니다."

군인이 나가고 나서 허수아비가 말했다.

"위험해도 도로시가 남쪽으로 가서 글린다에게 도와 달라고 하는 것이 최선인 것 같군. 도로시가 계속 여기 있으면 캔자스에는 절대 못 갈 테니까."

"다시 생각해 봐."

양철 나무꾼이 말했다.

"생각해 봤어."

허수아비가 말했다.

"내가 도로시와 함께 갈게."

사자가 말했다.

"난 이 도시에 질렸어. 숲과 시골이 그리워. 난 천상 야생동물인가 봐. 게다가 도로시를 지켜 줄 누군가도 필요해."

"맞아. 내 도끼도 도로시에게 도움이 될지도 몰라. 나도 도로시와 함께 남쪽으로 가겠어."

나무꾼이 말했다.

"언제 출발할까?"

허수아비가 물었다.

"너도 가게?"

모두 놀라서 물었다.

"당연하지. 도로시가 아니었으면 나는 결코 뇌를 갖지 못했을 거야. 도로시가 옥수수 밭에 있는 나를 장대에서 내려 주고 에메랄드 시로 데려왔지. 나의 행운은 전부 도로시 덕분이야. 나는 도로시가 캔자스로 돌아갈 때까지 절대 혼자 내버려 두지 않을 거야."

"고마워. 모두 정말 다정하구나. 나는 지금 당장이라도 출발하고 싶어."

도로시가 감사해하며 말했다.

"내일 아침에 출발하자. 오랜 여행이 될 테니 오늘은 여행 준비를 하자."

허수아비가 말했다.

19
움직이는 나무의 공격

다음 날 아침 도로시는 녹색 하녀에게 작별 인사를 했다. 성문까지 바래다준 녹색 수염의 군인과 모두 악수를 나눴다. 아름다운 도시를 떠나 사서 고생하려는 그들을 보고 문지기는 알 수 없다는 표정을 지었다. 그는 안경을 풀어 다시 녹색 상자에 넣어 두고 그들에게 행운을 빌어 주었다.

"당신이 이제 우리의 왕이시니 최대한 빨리 돌아와 주십시오."

문지기가 허수아비에게 말했다.

"할 수 있는 한 빨리 돌아오겠소."

허수아비가 대답했다.

"하지만 먼저 도로시가 집에 돌아가는 것을 도와주어야겠군요."

도로시는 착한 문지기에게 인사를 하고 행복을 빌었다.

"당신의 사랑스런 도시에서 잘 대접받고 갑니다. 모두 제게 잘해 줬어요. 얼마나 감사한지 모르겠어요."

"괜찮아요. 우린 당신과 함께 살고 싶지만 캔자스로 돌아가고 싶다면 꼭 그 방법을 찾았으면 좋겠네요."

문지기가 밖으로 나가는 문을 열어 주며 말했다.

그들은 밖으로 걸어 나와 여행을 시작했다. 남쪽을 향해 걷는 그들 위로 태양이 밝게 빛났다. 모두 기분 좋게 웃고 떠들면서 걸었다. 도로시는 다시 한 번 집으로 갈 수 있다는 희망을 가졌고 허수아비와 양철 나무꾼은 그녀를 도와줄 수 있어서 기뻤다. 사자는 신선한 공기를 맡고 기뻐서 코를 킁킁거렸고, 야외로 나와 즐거워서 꼬리를 이리지리 흔들었다. 토토는 그들 주위를 돌면서 나비를 쫓으며 즐겁게 멍멍 짖어 댔다.

"도시 생활은 나와 전혀 맞지 않아."

사자가 씩씩하게 걸으며 말했다.

"도시에 머무는 동안 살이 많이 빠졌어. 다른 동물들에게 내가 얼마나 용감해졌는지 보여 주려니 긴장되는데?"

그들은 뒤돌아서서 마지막으로 에메랄드 시를 바라보았다. 녹색 성벽 뒤로 높은 건물과 탑이 보였다. 그리고 그 너머로 첨탑과 돔으로 된 오즈의 궁전이 보였다.

"오즈는 그렇게 나쁜 마법사는 아니었어."

양철 나무꾼이 가슴속에서 흔들거리는 심장을 느끼면서 말했다.

"그는 내게 뇌를 주었어. 아주 좋은 뇌를."

허수아비가 말했다.

"오즈는 내게 용기를 샘솟게 하는 약도 줬어. 오즈도 내게 줬던 약을 마셨다면 용감한 남자가 되었을 텐데."

사자가 말했다.

도로시는 아무 말도 하지 않았다. 오즈는 그녀에게 한 약속을 지키지 못했다. 하지만 그는 최선을 다했으니 도로시는 오즈를 용서해 주기로 했다. 그의 말대로 그는 형편없는 마법사였지만 착한 사람이었다.

여행의 첫날 에메랄드 시 주변으로 펼쳐진 예쁜 꽃들이 여기저기 피어 있는 푸른 들판을 걸었다. 그날 밤 그들은 별빛이 비치는 잔디 위에서 잠들었다.

다음 날 아침, 그들은 울창한 숲이 나올 때까지 걸었다. 숲은 양옆으로 넓게 펼쳐져 있어서 도저히 숲을 돌아갈 방법이 없었다. 길을 잃을까 봐 방향을 바꿔 걸을 수도 없었다. 숲을 통과해 가는 것이 가장 쉬운 방법이었다.

앞장선 허수아비가 드디어 커다란 나무를 발견했다. 가지가 넓게 펼쳐진 그 나무 아래 공간이 보였다. 허수아비가 나무 쪽으로 걸어갔다. 그런데 허수아비가 나뭇가지 아래에 가자마자,

가지가 구부러지더니 그를 휘감았다. 그러고는 허수아비를 거꾸로 땅바닥에 처박았다.

허수아비는 아프지는 않았지만 깜짝 놀랐다. 도로시가 그를 일으켜 주었을 때 좀 어지러웠다.

“다른 나무 사이에도 공간이 있어.”

사자가 말했다.

“내가 먼저 들어가 볼게.”

허수아비가 말했다.

“난 누가 던져도 아프지 않거든.”

허수아비는 다른 나무로 걸어갔다. 가지는 또 다시 그를 잡아서 내던져 버렸다.

“정말 이상하네. 어떻게 해야 하지?”

도로시가 물었다.

“나무들이 우리의 여행을 막기로 작심했나 봐.”

사자가 말했다.

“이번엔 내가 해 볼게.”

양철 나무꾼이 도끼를 둘러메며 말했다. 그는 처음에 허수아비를 세게 던진 나무로 다가갔다.

커다란 나뭇가지가 그를 잡으려고 내려왔을 때 나무꾼은 가지를 재빨리 두 조각으로 베어 버렸다. 나무는 아파서 모든 가지를 움츠렸고 양철 나무꾼은 안전하게 그곳을 지나갔다.

"이리와! 빨리!"

나무꾼이 친구들을 불렀다. 모두 나무 아래로 다치지 않고 빠져나갔다. 하지만 토토가 작은 나뭇가지에 잡혀 버렸고, 나뭇가지는 토토가 깽깽거릴 때까지 흔들었다. 나무꾼은 재빨리 그 가지를 잘라서 토토를 풀어 주었다.

숲의 다른 나무는 그들을 공격하지 않았다. 마치 문지기처럼 숲의 첫 번째 줄의 나무만 가지를 구부려서 낯선 이들의 접근을 막는 듯했다.

네 명의 여행자들은 숲의 더 깊은 곳에 들어갈 때까지 별 다른 일 없이 나무 아래를 걸어갔다.

그때 갑자기 그들 앞에 도자기로 된 높은 담이 나타났다. 그 담은 그릇처럼 매끄러웠고 그들 머리보다 높았다.

"이제 어떻게 하지?"

도로시가 물었다.

"내가 사다리를 만들어 줄게. 담 위로 올라가면 돼."

양철 나무꾼이 말했다.

20
앙증맞은 도자기 나라

양철 나무꾼이 숲에서 사다리를 만드는 동안 오래 걸어서 피곤해진 도로시는 누워서 낮잠을 잤다. 사자도 토토와 함께 옆에 누웠다.

허수아비는 나무꾼이 일하는 것을 보면서 말했다.

"왜 이 담이 여기 있는 건지 모르겠어. 뭐로 만들어졌을까."

"담에 대해서는 그만 고민하고 머리 좀 식혀."

양철 나무꾼이 대답했다.

"담을 넘어가면 그 너머에 뭐가 있는지 알게 되겠지."

얼마 후 사다리가 완성되었다. 어설퍼 보였지만 양철 나무꾼은 튼튼하다고 장담했다. 허수아비는 도로시와 사자와 토토에게 사다리가 완성되었다고 알렸다. 허수아비가 먼저 사다리를 올라갔다. 하지만 자꾸 발을 헛디뎌서 도로시가 바로 뒤에 따라가면서 떨어지지 않게 봐줘야 했다. 위로 올라간 허수아비는 담 너머를 내다보고 외쳤다.

"세상에!"

"계속 올라가."

도로시가 외쳤다.

허수아비는 더 높이 올라가서 담 위에 올라앉았다. 도로시도 담 위로 머리를 내밀고서 허수아비처럼 외쳤다.

"세상에!"

토토도 그곳을 보고 짖기 시작해서 도로시가 조용히 하라고 타일렀다.

사자가 그다음에 사다리를 올랐고 양철 나무꾼이 마지막으로 올랐다. 둘 다 담 너머를 보고 "맙소사!" 라고 외쳤다. 그들은 담 위에 한 줄로 앉아서 신기한 광경을 바라보았다.

그들 앞에는 커다란 접시 바닥처럼 매끄럽고 반짝거리는 하얀 도자기 나라가 펼쳐져 있었다. 여기저기에 도자기로 만들어진 집들이 예쁜 색으로 칠해져 있었다. 이 집들은 아주 작아서 가장 큰 집도 도로시의 허리 높이 정도였다. 도자기 담장으로 둘러싸인 예쁜 작은 농장도 있었다. 도자기로 만들어진 많은 소들과 양과 말과 돼지와 닭이 모여 있었다.

하지만 가장 이상한 것은 그 이상한 나라에 사는 사람들이었

다. 젖 짜는 소녀와 양치기 소녀는 금색 점이 여기저기 찍힌 예쁜 색상의 옷을 입고 있었다. 그리고 공주님은 은색과 금색과 보라색으로 된 멋진 드레스를 입고 있었다. 양치기는 분홍색과 노란색에 파랑색 줄무늬가 있는 무릎까지 오는 반바지에 금색 버클이 달린 신발을 신고 있었다. 왕자는 머리에 보석이 달린 왕관을 쓰고 있었고, 새틴 웃옷을 입고 모피 망토를 두르고 있었다. 우습게 생긴 광대들은 주름진 옷을 입고 볼에는 둥글고 빨간 점을 찍고 뾰족한 모자를 쓰고 있었다. 가장 놀라운 점은 그들은 모두 도자기로 만들어졌다는 사실이었다. 심지어 옷까지 모두 도자기였다. 게다가 아주 작아서 가장 큰 사람의 키도 도로시의 무릎을 넘지 못했다.

아무도 여행자들이 나타난 것을 눈치채지 못했다. 머리가 큰 작은 보라색 개 한 마리가 그들을 보고 담으로 와서 작은 목소리로 짖었지만 곧 가 버렸다.

"어떻게 내려가지?"

도로시가 물었다.

사다리가 너무 무거워서 끌어 올릴 수가 없었다. 그래서 단단한 바닥에 다리를 다치지 않게 허수아비가 먼저 떨어지고 그 위로 다른 사람들이 뛰어내리기로 했다. 당연히 핀에 발이 찔리지 않도록 허수아비 머리 쪽은 피해서 뛰어내렸다. 모두 뛰어내린 후에 납작해진 허수아비를 일으켜서 원래 모양이 되도록 두드려 주었다.

"남쪽으로 난 길을 따라가려면 이 나라를 가로질러야 해."

도로시가 말했다.

"남쪽이 아닌 다른 쪽으로 가는 건 어리석은 짓이야."

그들은 도자기로 된 사람들의 나라를 걷기 시작했다. 그들이 처음 만난 사람은 도자기로 된 소의 젖을 짜고 있는 도자기로 된 소녀였다. 그들이 가까이 다가가자 젖소가 놀라서 의자와 양동이와 젖 짜는 소녀를 발로 차 버렸고 도자기가 땅에 떨어지며 와장창 깨지는 소리가 났다.

도로시는 젖소의 다리가 부러지고 양동이가 산산조각이 나고 젖 짜는 소녀의 왼쪽 팔꿈치에 금이 간 것을 보고 충격을 받았다.

"이봐! 무슨 짓을 했는지 좀 봐! 내 소는 다리가 부러져서 수선하는 집에 데려가서 다시 붙여야 해. 왜 여기에 와서 내 소를 놀라게 하는 거야?"

젖 짜는 소녀가 화가 나서 외쳤다.

"미안해. 용서해 줘."

도로시가 대답했다.

하지만 젖 짜는 어여쁜 소녀는 화가 나서 대답도 하지 않았다. 젖 짜는 소녀는 부루퉁하게 부러진 소의 다리를 집어 들고서 절뚝거리는 불쌍한 소를 데리고, 금이 간 팔꿈치를 부여잡고 낯선 사람들을 어깨 너머로 째려보며 가 버렸다.

도로시는 이 일로 좀 슬퍼졌다.

"여기서는 아주 조심해야겠어."

착한 마음씨의 양철 나무꾼이 말했다.

"여기 있는 작고 예쁜 사람들을 다치게 하면 그들은 결코 원래대로 돌아오지 못할 거야."

조금 더 가서 도로시는 아주 아름다운 옷을 입은 젊은 공주님을 만났다. 그녀는 그들을 보자마자 도망가 버렸다. 도로시는 공주님을 조금 더 보고 싶어서 그녀를 따라 달렸다. 하지만 도자기 소녀가 외쳤다.

"따라오지 마! 따라오지 마!"

작은 목소리가 너무 무서워해서 도로시는 걸음을 멈추고 물어보았다.

"왜?"

"왜냐하면 내가 달리다가 넘어져서 부서질지도 모르니까."

공주가 안전한 거리에서 멈춰 서서 대답했다.

"고치면 되잖아?"

도로시가 물어보았다.

"그렇지. 하지만 수선한 다음에는 전혀 예쁘지 않아."

공주가 대답했다.

"안 그럴 것 같은데."

도로시가 대답했다.

"우리 광대 중에 항상 물구나무를 서려고 하는 조커 씨가 있는데, 그는 자꾸 넘어져서 백 번 넘게 고쳤어. 전혀 예쁘지 않지. 그가 여기로 오는군. 한번 보렴."

도자기 공주가 말했다.

정말로 재미있게 생긴 작은 광대가 그들을 향해 다가왔다. 광대는 빨강, 노랑, 초록으로 된 예쁜 옷을 입고 있었는데 이어 붙인 자국으로 완전히 뒤덮여 있었다. 그는 많은 곳을 이어 붙인 듯했다. 광대는 호주머니에 손을 넣고 볼을 부풀리더니 그들을 향해 머리를 건방지게 흔들면서 말했다.

귀여운 아가씨,
불쌍한 늙은 조커를
왜 그렇게 쳐다보나요.
포커로 돈을 다 날린 것처럼
뻣뻣하게 얼었군요.

"조용히 하세요! 이들이 손님이라는 거 모르겠어요? 예의 바르게 대해야죠."

공주가 말했다.

"이게 예의랍니다."

광대가 물구나무서서 말했다.

"조커 씨는 신경 쓰지 마세요."

공주가 도로시에게 말했다.

"아마 머리에 금이 가서 그럴 거예요. 그래서 바보가 된 것 같아요."

"오, 괜찮아요. 그런데 당신은 정말 아름답군요. 당신을 정말 좋아하게 될 것 같아요. 당신을 캔자스로 데려가서 엠 아줌마의 장식장에 올려놓아도 되나요? 바구니에 안전하게 담아 갈게요."

도로시가 말했다.

"그럼 전 아주 불행해질 거예요."

도자기 공주가 말했다.

"이곳에서 우린 만족하며 살고 있어요. 원하는 곳 어디라도 갈 수 있고 말할 수 있죠. 하지만 우리 영역을 벗어나면 즉시 굳어서 똑바로 선 채로 다만 예쁘게 보일 뿐이에요. 우리를 장식장이나 선반, 응접실의 테이블 위에 올려놓았을 때 당연히 그 모습을 기대하겠죠. 하지만 우리의 삶은 이곳에서 더 행복하답니다."

"당신을 불행하게 할 생각은 없어요! 그냥 작별 인사를 할게요."

도로시가 외쳤다.

"잘 가요."

공주가 대답했다.

그들은 도자기 나라를 조심스레 걸어갔다. 작은 동물과 모든 사람들은 낯선 사람들이 그들을 부술까 봐 길을 비켜 주었다.

한 시간쯤 후에 여행자들은 도자기 나라의 반대쪽 담에 닿았다. 처음 담처럼 높지 않아서 사자의 등에 올라타서 어떻게 넘어갈 수 있었다. 사자는 움츠렸다가 벽을 뛰어넘었다. 하지만 뛰어오르다가 꼬리로 도자기 교회를 쳐서 부숴 버리고 말았다.

"정말 안됐다. 하지만 소의 다리와 교회가 부서진 것 말고는 작은 사람들에게 피해를 주지 않아서 정말 다행이야. 그들은 건드리면 부서질 것 같았어!"

도로시가 말했다.

"정말 연약해 보였어."

허수아비가 말했다.

"나는 부서지지 않게 지푸라기로 만들어져서 정말 다행이다. 세상에 허수아비로 사는 것보다 더 나쁜 일도 있구나."

21
동물의 왕이 된 사자

도자기 담을 넘어오고 나니 불쾌한 곳이 나왔다. 습지와 늪지가 기다란 풀 아래 가득 있었다. 풀이 너무 빽빽하게 돋아나서 땅이 보이지 않아 진흙 구덩이에 빠지지 않고 걷기 어려웠다. 하지만 조심스레 발을 디딜 곳을 골라 걸어서 단단한 땅까지 안전하게 도착했다. 하지만 이곳은 어느 곳보다 험했다. 수풀 속을 걷기 지루해질 즈음 그들은 또 다른 숲으로 들어갔다. 그곳의 나무는 어느 곳보다 크고 오래돼 보였다.

"이 숲은 정말 기분 좋은 곳이야."

사자가 주변을 돌아보며 신나서 말했다.

"이곳보다 더 아름다운 곳은 본 적이 없어."

"내가 보기에는 음침한데?"

허수아비가 말했다.

“전혀 그렇지 않아.”

사자가 대답했다.

“여기서 평생 살고 싶어. 발밑의 낙엽이 얼마나 폭신한지, 오래된 나무에 붙은 녹색 이끼가 얼마나 두꺼운지 봐. 야생동물에게 이곳보다 더 좋은 집은 없을 거야.”

“이 숲속에 야생동물이 있을지도 몰라.”

도로시가 말했다.

“있겠지. 하지만 아무도 안 보이는걸.”

사자가 대답했다.

그들은 더 깊은 숲속이 나올 때까지 걸어갔다. 날이 어두워졌고 도로시와 토토 그리고 사자는 잠을 자고 그동안 양철 나무꾼과 허수아비는 평소처럼 그들을 지켰다.

이튿날 아침 다시 출발했다. 얼마 가지 않아 그들은 많은 야생동물이 낮게 으르렁거리는 소리를 들었다. 토토는 작게 끙끙거렸다. 잘 다져진 길을 걷다가 공터가 나왔다. 그곳에는 수백 마리의 다양한 동물들이 모여 있었다. 사자와 코끼리와 곰과 늑대와 여우 등의 모든 종류의 동물들이 다 나와 있어서 순간 도로시는 무서웠다. 하지만 사자가 동물들이 모임을 열고 있다고 설명해 줬다. 그들의 울부짖고 으르렁대는 소리를 들어 보니 큰 문제가 생긴 모양이라고 했다.

몇몇 동물들이 사자를 봤고 마치 마법처럼 동물들이 순식간에 조용해졌다. 가장 큰 호랑이가 사자에게 와서 공손하게 인사하며 말했다.

"환영합니다. 짐승의 왕이여! 우리의 적과 싸워 숲속의 모든 동물들에게 다시 한번 평화를 가져다줄 수 있게 때마침 오셨군요."

"무엇이 문제냐?"

사자가 조용히 물어보았다.

호랑이가 대답했다.

"최근에 숲속에 들어온 무서운 적에게 우린 모두 협박받고 있습니다. 그것은 아주 무서운 괴물로 거대한 거미 같습니다. 몸집은 코끼리만큼 크고 다리는 나무 둥치 같습니다. 여덟 개의 긴 다리로 숲속을 기어 다니며, 거미가 파리를 잡아먹듯이 다리로 동물을 잡아 입 속으로 집어넣습니다. 그 무서운 괴물이 살아 있는 한 아무도 안전할 수 없습니다. 우리는 어떻게 해야 할지 결정하려고 집회를 열고 있었는데 그때 마침 당신이 오셨습니다."

사자는 잠시 생각해 보았다.

"숲속에 다른 사자가 있느냐?"

사자가 물었다.

"없습니다. 사자 몇 마리가 살았는데 모두 괴물이 잡아먹어 버렸습니다. 게다가 그 사자들은 당신처럼 크지도 용감하지도 않았습니다."

"내가 너희 적을 죽이면 나에게 복종하고 숲의 왕으로 섬기겠느냐?"

사자가 물었다.

"기꺼이 그리하지요."

호랑이가 대답했다. 그리고 모든 다른 동물들도 크게 합창했다.

"그러면 왕으로 모시겠습니다."

"그 거대한 거미는 어디 있지?"

사자가 물었다.

"저쪽 떡갈나무 사이에 있습니다."

호랑이가 앞발로 가리키며 말했다.

"내 친구들을 잘 지켜 줘. 난 당장 괴물과 싸우고 올게."

사자가 말했다.

사자는 친구들에게 인사를 하고 위풍당당하게 적과 싸우러 갔다.

사자가 다가갔을 때 거대한 거미는 자고 있었다. 너무 흉측하고 역겨워서 사자는 얼굴을 돌릴 수밖에 없었다. 호랑이가 말한 것처럼 다리는 길었고 몸은 무성한 검은 털로 덮여 있었다. 커다란 입에는 날카로운 이빨이 한 뼘 길이로 들어서 있었다. 땅딸막한 몸과 머리는 말벌의 허리처럼 가느다란 목으로 연결되어 있었다. 사자는 이것을 보고 이 괴물을 공격할 좋은 방법을 생각해 냈다. 깨어 있을 때 공격하는 것보다 자고 있을 때 공격하는 것이 쉬울 것 같아서 그는 괴물의 등 위로 펄쩍 뛰어올랐다. 그리고 날카로운 발톱을 세운 무거운 앞발로 한 번 쳐서 거미의 머리를 몸뚱이에서 떼어 버렸다. 다시 등에서 내려와서 거미의 다리가 꿈틀거리기를 멈추고 죽은 것이 확실해질 때까지 지켜보았다.

사자는 숲속에서 자신을 기다리고 있는 동물들에게 돌아와서 자랑스레 말했다.

“더 이상 너희의 적을 두려워할 필요가 없다.”

동물들은 사자를 왕으로 추대하며 고개 숙여 인사했다. 사자는 도로시가 안전하게 캔자스로 돌아가고 나서 다시 돌아와 그들을 다스리기로 약속했다.

22
콰들링의 나라

네 명의 친구들은 남은 숲을 안전하게 지나갔다. 어두운 숲에서 빠져나온 그들 앞에 바닥부터 꼭대기까지 커다란 바위로 뒤덮인 가파른 언덕이 나타났다.

"올라가기 힘들겠는데."

허수아비가 말했다.

"그래도 우리는 반드시 이 언덕을 넘어가야 해."

허수아비가 먼저 올라갔고 모두 따라갔다. 그들이 첫 번째 바위에 가까이 갔을 때 쉰 목소리로 외치는 소리가 들렸다.

"저리 가!"

"넌 누구냐?"

허수아비가 물었다.

바위틈에서 머리 하나가 쑥 나오더니 똑같은 목소리로 말했다.

"이 언덕은 우리 것이다. 아무도 언덕을 오르는 것을 허용하지 않는다."

"하지만 우린 언덕을 넘어야 해."

허수아비가 말했다.

"우린 콰들링의 나라로 갈 거야."

"못 갈걸!"

바위 뒤에서 한번도 본 적 없는 이상한 남자가 나오면서 대답했다.

그는 키가 작고 통통했는데, 위쪽이 평평한 커다란 머리를 주름이 자글자글한 두꺼운 목이 받치고 있었다. 그는 팔이 없었다. 허수아비는 그 모습을 보고 저런 허약한 몸으로는 그들이 언덕을 올라가는 것을 막을 수 없다고 생각했다.

"원하는 대로 못 해줘서 미안하지만 우리는 네가 좋든 싫든 이 언덕을 넘어가야겠어."

허수아비가 말했다. 그러고는 대담하게 앞으로 나갔다.

그 순간 빛처럼 빠르게 남자의 목이 늘어나면서 머리가 앞으로 튀어나왔다. 머리 꼭대기의 평평한 부분이 허수아비의 가슴을 쳤고 허수아비는 비틀거리며 언덕 아래로 굴러떨어졌다. 머리는 재빨리 몸이 있는 곳으로 돌아갔다. 그 남자는 쉰 목소리로 웃으며 말했다.

"생각처럼 쉽진 않을걸!"

활기 넘치는 웃음소리들이 바위 이곳저곳에서 흘러나왔다. 도로시는 수백 명의 팔 없는 망치 머리들이 모든 바위 뒤에 하나씩 있는 것을 보았다.

허수아비를 떨어뜨리고 웃고 있는 그들에게 사자는 화가 났다. 그래서 천둥소리처럼 크게 울부짖으며 언덕으로 달려갔다. 또 머리가 재빨리 튀어나왔고 커다란 사자는 대포알에라도 맞은 것처럼 언덕 아래로 굴러떨어졌다.

도로시는 달려가서 허수아비를 일으켜 세워 주었다. 여기저기 멍들고 상처 입은 사자가 도로시에게 와서 말했다.

"날아오는 머리를 가진 사람들과 싸워봤자 소용없을 것 같아. 아무도 그들을 이길 수 없을 거야."

"그럼 이제 어쩌지?"

도로시가 물었다.

"날개 달린 원숭이를 부르자."

양철 나무꾼이 제안했다.

"아직 한 번 더 명령을 내릴 수 있잖아."

"좋아."

도로시는 황금 모자를 쓰고 주문을 외웠다. 원숭이 무리들은 즉시 날아와서 그녀 앞에 섰다.

"어떤 명령을 하시겠습니까?"

원숭이 왕이 고개를 숙이며 물었다.

"우리를 이 언덕 너머의 콰들링의 나라로 데려다 줘."

도로시가 대답했다.

"알겠습니다."

왕이 말했다.

곧바로 날개 달린 원숭이들은 여행자들과 토토를 팔에 안고 날아갔다. 그들이 언덕을 넘어 가자 망치 머리들은 화가 나서 소리를 지르며 머리를 하늘 높이 쏘았지만 날개 달린 원숭이에게까지 닿지 못했다. 원숭이들은 언덕을 안전하게 넘어 도로시와 일행들을 아름다운 콰들링의 나라에 내려 주었다.

"이번이 우리를 부를 수 있는 마지막입니다. 그러니 안녕히 계시고 행운이 있길 빕니다."

원숭이 왕이 도로시에게 말했다.

"잘 가. 고마웠어."

도로시가 대답했다. 원숭이들은 하늘로 날아올라 눈 깜짝할 사이에 사라졌다.

콰들링의 나라는 풍요롭고 행복해 보였다. 들판에는 곡식이 익어 가고 졸졸거리는 예쁜 개울 위로 튼튼한 다리가 놓여 있었으며 길은 잘 포장되어 있었다. 윙키의 나라가 모두 노란색이고 먼치킨에서는 모든 것이 파랑색이었던 것처럼 이곳의 담장과 집과 다리는 모두 밝은 빨강색으로 칠해져 있었다. 콰들링은 작고 통통했고 착해 보였다. 그들은 녹색 들판과 노란 곡식에 대비되는 빨간색 옷을 입고 있었다.

원숭이들은 그들을 농장 근처에 내려 주었다. 네 명의 친구들은 농장으로 가서 문을 두드렸다. 농부의 아내가 문을 열어 주었고 도로시는 먹을 것을 좀 달라고 했다. 여인은 그들 모두에게 좋은 저녁을 대접해 주었다. 세 종류의 케이크와 네 종류의 쿠키를 차려 주었고 토토에게는 우유 한 접시를 주었다.

"글린다의 성까지는 얼마나 가야 하나요?"

도로시가 물어보았다.

"그리 멀지 않아요. 남쪽으로 걸어가면 금방 닿을 거예요."

농부의 아내가 대답했다.

착한 여인에게 감사 인사를 하고 그들은 예쁜 다리를 건너 아주 아름다운 성이 보일 때까지 들판을 걷기 시작했다. 성문 앞에는 금실로 둘레를 두른 멋진 빨간 제복을 입은 소녀 셋이 있었다. 도로시가 다가가니 그들 중 하나가 말했다.

"남쪽 나라에는 어떻게 오셨습니까?"

"이곳을 다스리는 착한 마녀를 만나기 위해서 왔습니다. 그분에게 데려다 주겠어요?"

도로시가 대답했다.

"이름을 말해 주면 글린다에게 여쭤 보겠습니다."

도로시와 친구들은 자신들이 누구인지 말해 주었고 소녀 군인은 성안으로 들어갔다. 얼마 후에 그녀는 다시 나와서 도로시와 친구들에게 어서 안으로 들어오라고 했다.

23
도로시의 소원을 들어준 착한 마녀 글린다

그들은 글린다를 만나기 전에 성안의 어떤 방으로 안내되었다. 그곳에서 도로시는 얼굴을 씻고 머리를 빗었고 사자는 갈기에 낀 먼지를 몸을 흔들어 털어 냈다. 허수아비는 모양이 잘 잡히게 자기 몸을 두드렸고, 나무꾼은 양철을 윤내고 관절에 기름을 쳤다. 깨끗하게 단장하고 나서 그들은 소녀 군인을 따라 큰 방으로 들어갔다. 마녀 글린다가 루비 옥좌 위에 앉아 있었다.

글린다는 젊고 아름다웠다. 진한 빨강색 곱슬머리가 어깨 너머로 흘러내렸다. 그녀의 옷은 순백의 하얀색이었지만 눈은 파란색이었다. 마녀는 친절한 눈으로 도로시를 바라보았다.

“무슨 일로 찾아왔니? 소녀여.”

글린다가 물었다.

도로시는 마녀에게 그녀의 이야기를 해 주었다. 회오리바람이 그녀를 오즈의 나라로 데려왔고 어떻게 친구들을 만났는지, 그리고 그들이 겪은 놀라운 모험을 이야기해 주었다.

"제가 원하는 것은 캔자스로 돌아가는 거예요. 엠 아줌마는 분명히 저에게 안 좋은 일이 일어났다고 생각하고 아주 슬퍼하고 계실 거예요. 곡식이 작년보다 잘 자라지 않았다면 헨리 아저씨도 견디기 힘들어하고 계실 거예요."

글린다는 몸을 앞으로 숙여 자신을 올려다보는 사랑스런 작은 소녀의 얼굴에 입을 맞추고는 말했다.

"너의 착한 마음씨를 축복하노라. 캔자스로 돌아갈 방법을 알려 주겠다. 하지만 그 전에 내게 황금 모자를 주어야 한다."

"기꺼이 드릴게요!"

도로시가 외쳤다.

"사실 저에겐 이제 아무 소용도 없거든요. 이 모자를 가지면 날개 달린 원숭이를 세 번 부를 수 있어요."

"나는 원숭이들의 도움이 꼭 세 번 필요할 것 같구나."

글린다가 미소 지으며 말했다.

도로시는 글린다에게 황금 모자를 주었다. 마녀는 허수아비에게 물었다.

"도로시가 떠나고 나면 당신은 어떻게 할 건가요?"

"에메랄드 시로 돌아갈 거예요."

허수아비가 대답했다.

"오즈가 저를 왕으로 만들었고 그곳 사람들은 저를 좋아하거든요. 다만 망치 머리가 있는 언덕을 어떻게 건너갈지 걱정입니다."

"황금 모자의 마법으로 저는 날개 달린 원숭이에게 당신을 에메랄드 시의 성문으로 데려다 주도록 하겠어요."

글린다가 말했다.

"사람들에게서 훌륭한 통치자를 빼앗으면 안 되지요."

"제가 정말로 훌륭한가요?"

허수아비가 물어보았다.

"당신은 아주 특별해요."

글린다가 대답했다.

이번에 글린다는 양철 나무꾼에게 물어보았다.

"도로시가 이 나라를 떠나고 나면 어떻게 할 건가요?"

나무꾼은 도끼에 기대 잠시 생각하더니 말했다.

"윙키들은 제게 무척 친절했어요. 그리고 사악한 마녀가 죽고 나서 제게 왕이 되어 달라고 했지요. 저도 윙키를 좋아하니까 서쪽 나라로 다시 돌아갈 수 있다면 영원히 그곳을 다스리고 싶어요."

"날개 달린 원숭이들에게 내릴 두 번째 명령은 당신을 윙키의 나라로 데려가는 것입니다."

글린다가 말했다.

"당신의 머리는 허수아비의 것처럼 커 보이지 않지만 광을 내고 나니 정말 빛나는군요. 윙키의 나라를 현명하게 잘 다스릴 것으로 믿습니다."

그리고 마녀는 커다란 털북숭이 사자를 보고 물었다.

"도로시가 집으로 돌아가고 나면 너는 어떻게 할 거니?"

"망치 머리의 언덕 너머에 있는 거대하고 오래된 숲으로 가서 그곳에 사는 짐승들의 왕이 될 것입니다. 그 숲으로 돌아갈 수만 있다면 남은 인생을 그곳에서 행복하게 보낼 수 있을 것 같아요."

"날개 달린 원숭이에게 내릴 세 번째 명령은 사자를 숲으로 데려다 주는 것입니다. 황금 모자의 마법을 다 쓰고 나면 나는 이 모자를 원숭이 왕에게 주어서 그들을 영원히 자유롭게 해 줄 것입니다."

허수아비와 양철 나무꾼과 사자는 착한 마녀의 친절함에 진정으로 감사했다. 도로시가 말했다.

"아름다운 만큼 좋은 분이군요! 하지만 저는 어떻게 캔자스로 돌아가지요?"

"너의 은 구두가 사막 너머로 너를 데려다 줄 것이다."

글린다가 대답했다.

“만약 네가 그 구두의 힘을 알았더라면 오즈의 나라에 온 첫날 엠 아줌마에게 돌아갈 수 있었을 거란다.”

“그랬으면 나는 훌륭한 뇌를 얻지 못하고 평생 옥수수 밭에서 있었을 거야.”

허수아비가 외쳤다.

“나는 사랑스런 심장을 얻지 못했겠지.”

양철 나무꾼이 말했다.

“그리고 세상이 끝날 때까지 숲속에서 녹슬어 있었을 거야.”

“그리고 나는 영원히 겁쟁이로 살았겠지.”

사자가 말했다.

“숲속에 사는 짐승들은 아무도 나에게 친절히 말을 걸지 않았을 거야.”

“맞아. 나도 좋은 친구들을 만나서 기뻐. 그리고 모두 가장 원하는 것을 얻었고 모두 한 나라의 왕이 되어 행복해졌으니 나는 이제 캔자스로 돌아가고 싶어.”

도로시가 말했다.

“은 구두는 놀라운 힘을 가지고 있지.”

착한 마녀가 말했다.

“그중에 가장 놀라운 힘은 단 세 발자국만 걸으면 원하는 곳 어디라도 데려다 주는 것이란다. 한 번 발을 디딜 때 눈 깜빡할 시간밖에 안 걸려. 너는 단지 뒤꿈치를 동시에 세 번 부딪히고 신발에게 네가 원하는 곳으로 데려다 달라고 명령하면 돼."

"그렇다면 저는 당장 캔자스로 데려다 달라고 하겠어요."

도로시가 즐겁게 말했다.

도로시는 사자의 목에 팔을 감고 입맞춤을 하고 커다란 머리를 부드럽게 쓰다듬어 주었다. 그리고 관절이 녹슬 정도로 울고 있는 양철 나무꾼에게 입맞춤했다. 사랑하는 친구들과 헤어져 슬퍼서 눈물이 나오는 바람에 물감으로 그린 허수아비의 얼굴에는 입맞춤을 하지 않았다. 그 대신 짚으로 채워진 몸을 꼭 안았다. 착한 글린다는 루비 옥좌에서 내려와 도로시에게 작별의 입맞춤을 했다. 도로시는 친구들과 자신에게 친절히 대해 준 글린다에게 감사 인사를 건넸다.

도로시는 이제 엄숙하게 토토를 팔에 안고 마지막으로 작별 인사를 한 후 신발의 뒤꿈치를 동시에 세 번 부딪히며 말했다.

"엠 아줌마가 있는 집으로 데려다 줘!"

도로시는 금세 공기 속으로 빨려 들어갔다. 너무 빨라서 도로시가 느낄 수 있는 것은 귀를 지나가는 바람 소리밖에 없었다. 은 구두는 세 걸음을 내딛고 갑자기 멈추었다. 도로시는 자신이 어디 있는지도 알기 전에 풀 위로 몇 번이나 굴렀다.

드디어 도로시는 똑바로 서서 주위를 돌아보았다.

"좋았어!"

도로시가 외쳤다.

도로시는 캔자스의 넓은 초원에 서 있었고 앞에는 회오리바람이 지나가고 나서 헨리 아저씨가 새로 지은 집이 버티고 있었다. 헨리 아저씨는 헛간에서 소젖을 짜고 있었다. 토토는 도로시의 팔에서 빠져나와 신나게 짖으며 헛간으로 달려갔다. 도로시는 맨발로 서 있는 자신을 발견했다. 은 구두는 하늘을 날면서 사막에 떨어져서 영원히 찾을 수 없게 되었다.

24
다시 집으로

엠 아줌마는 양배추에 물을 주러 집에서 나왔다가 도로시가 그녀를 향해 달려오는 것을 보았다.

"내 아가!"

엠 아줌마가 외쳤다. 그리고 도로시를 껴안고 얼굴에 키스를 퍼부었다.

"지금까지 어디에 있었니?"

"오즈의 나라에 있었어요."

도로시가 진지하게 말했다.

"토토도 같이 있었어요. 오, 엠 아줌마! 집에 다시 와서 정말 기뻐요!"

100년 동안 전 세계인에게 사랑받은 이야기
도로시가 펼치는 환상 모험담
《오즈의 위대한 마법사》

"나는 오즈와 함께 자랐다. 환상적인 오즈의 재미와 흥분감은 지금까지도 내 기억 속에 남아 있다. 오즈는 여전히 나의 기쁨이며 소중한 보물이다."

《오즈의 위대한 마법사》에 대한 미국인의 사랑과 찬사에는 이유가 있다. 《오즈의 위대한 마법사》야말로 진정한 현대 동화다. 그전까지는 공주와 왕자, 요정들이 나오는 유럽의 동화를 본 딴 것들이었는데 오즈의 마법사는 20세기가 시작되던 바로 그해에 동시대를 살고 있는 캔자스의 평범한 소녀 도로시와 들판에서 흔히 볼 수 있던 허수아비가 주인공이다.

1900년에 처음 출간된 '오즈의 마법사' 시리즈가 열네 권으로 이루어진 방대한 이야기라는 것을 아는 사람은 많지 않다. '오즈의 마법사' 시리즈는 권수가 넘어갈수록 바움의 글 실력도 함께 느는 듯해 이야기의 재미가 더해진다.

환상의 나라, 오즈 왕국의 역사

오즈 왕국은 동쪽으로는 흐르는 모래사막, 서쪽으로는 죽음의 사막, 남쪽으로는 거대하고 쓸쓸한 사막, 북쪽으로는 건널 수 없는 사막으로 둘러싸여 있다. 즉, 사방이 사막으로 둘러싸여 섬처럼 다른 곳과는 단절되어 있다. 하지만 도로시와 오즈의 마법사가 오즈에 온 이후 외부 세계와의 접촉이 늘어났고, 알고 보면 사막을 건널 수 있는 방법들이 많아서 오즈마 공주의 생일에는 사막 너머의 신비하고 기상천외한 세상에서 축하사절도 오고, 도로시 일행이 그곳으로 모험을 떠나기도 한다.

오즈는 에메랄드 시, 윙키의 나라, 먼치킨의 나라, 쿼들링의 나라, 질리킨의 나라로 이루어져 있다. 각 지역은 독립적으로 통치되고 있으며, 에메랄드 시를 제외한 나라들은 마녀들이 다스린다. 에메랄드 시는 오즈의 나라 한가운데 있고, 노란 벽돌길을 따라 가면 된다. 그곳은 모든 것이 초록색이고 눈부신 에메랄드로 장식되어 있으며 사람들은 초록색 옷을 입고 끝이 뾰족한 모자를 쓴다.

먼치킨의 나라는 동쪽에 있으며, 작은 사람들이 살고 집과 사람들의 피부가 모두 파란색이다. 원래 나쁜 마녀가 지배하고 있었지만 회오리바람에 실려 온 도로시의 집에 깔려 죽고 말았다. 윙키의 나라는 서쪽에 있으며 온통 노란색이다. 이곳 역시 나쁜 마녀가 지배했지만 도로시가 물을 부어서 녹아 버렸다. 나쁜 마녀가 사라진 후에는 양철 나무꾼이 왕이 되어 다스리고 있다. 북쪽의 질리킨 나라는 보랏빛을 띠며 착한 마녀가 다스린다. 이곳이 오즈마의 고향이다. 마지막으로 쿼들링의 나라는 남쪽에 있고 착한 마녀, 아름다운 글린다가 통치하는 곳으로 빨간색이다.

원래 에메랄드 시는 오즈마 공주의 아버지 파스토리아가 다스리고 있었다. 하지만 오즈마 공주의 아버지가 죽고 정통한 후계자 오즈마가 사라진 후에는 머나먼 곳에서 커다란 풍선을 타고 나타난 위대한 마법사가 에메랄드 시를 통치했다.

위대한 마법사가 고향 친구들을 만나기 위해 커다란 기구를 타고 떠난 후에는 허수아비가 에메랄드 시를 다스렸으나, 진저 장군과 소녀들의 반란으로 왕의 자리에서 쫓겨난다. 허수아비는 몸비 할멈에게서 탈출한 소년 팁과 호박머리 잭, 착한 마녀 글린다의 도움으로 다시 왕좌를 되찾는다. 하지만 에메랄드 시의 적법한 통치자, 오즈마 공주가 나타나서 허수아비는 흔쾌히 왕좌를 오즈마 공주에게 내주었고, 이후에는 현명하고 용감한 오즈마 공주가 에메랄드 시를 훌륭하게 다스렸다고 한다.

《오즈의 위대한 마법사》의 인기

《오즈의 위대한 마법사》 탄생 110주년이 넘었지만 지금까지도 그 인기는 계속되고 있다. '국제 오즈 클럽(www.ozclub.org)'에서는 작가를 선정해서 《오즈의 위대한 마법사》 후속작을 내고 있는데, 현재 40권까지 나왔다. 《오즈의 위대한 마법사》는 1902년 시카고에서 뮤지컬로 제작되어 선보이기도 했으며 그 다음 해에는 브로드웨이까지 진출했다(당연히 도로시는 열 살짜리 소녀가 아니라 늘씬한 미녀였다). 1939년에는 MGM 영화사에서 영화로도 제작되었다. 그 당시에 어마어마한 돈을 투자한 작품이었다. 현실 세계는 흑백으로 마법 세계는 컬러로 촬영했으며 회오리바람에 날아가는 집, 녹아 없어지는 마녀, 불덩이, 날아다니는 원숭이 등을 최첨단 특수 효과로 표현했다. 주연인 주디 갤런드가 부른 '오버 더 레인보우'는 지금까지도 많은 사람들이 좋아하는 명곡이다. TV가 대중적으로 보급되면서 1956년에는 연속극으로 제작되기도 했다.

《오즈의 위대한 마법사》의 인기가 얼마나 대단했는지를 보여 주는 예가 또 있다. 바로 '은 구두'이다. 영화에서 눈에 띄기 위해 빨간색 구두로 나온 마녀의 구두는 많은 사람들이 루비 구두로 기억하고 있지만 사실은 은 구두이다. 그 은 구두를 모티프로 하여 여러 명품 브랜드에서 자신만의 디자인으로 은 구두를 출시하기도 했다. 굽이 좀 높아서 그걸 신고 도로시처럼 여행을 하기는 불가능해 보였지만 정말 도로시가 신었을 것 같은 예쁜 구두였다.

독자들의 바람을 반영한 작품

《오즈의 위대한 마법사》는 요즘 한국 드라마처럼 독자가 내용에 간섭을 많이 하는 책이었다. 도로시는 왜 안 나오는 거냐, 도로시를 이렇게 오즈의 나라로 다시 보내면 되지 않느냐, 양철 나무꾼은 왜 먼치킨 소녀를 찾아가지 않는 거냐 등 독자들이 많은 편지를 보냈고 마치 그 편지들이 요즘 드라마의 인터넷 게시판에 올라온 글인 양 바움은 독자들의 바람대로 이야기를 끌고 나갔다고 한다. 그래서 오즈의 마법사는 바움과 독자들의 공저라고 했다.

그는 자신은 그저 상상력이 넘치고 아주 논리적인 아이들의 생각을 따라 엮어 나가는 편집자, 비서일 뿐이라고 말하기도 했다. 바움은《오즈의 위대한 마법사》후편을 쓸 생각이 없었는데, 독자의 요청으로 계속해서 오즈 연대기를 쓸 수밖에 없었다. 특히 아주 먼 곳에서 찾아온 도로시라는 이름의 소녀가 후속편을 써 달라고 부탁해서 계속해서 '오즈의 마법사' 시리즈를 쓰게 되었다고 한다. 바움은 그 소녀가 요정이 변신해서 찾아온 것일지도 모른다고 생각했다고 한다.

그는 어린이들의 열렬한 편지를 받는 자신을《오즈의 위대한 마법사》의 작가로서 미국 대통령보다도 행복하다고 말했다. 그는 편지를 보낸 아이들에게 꼭 답장을 하려고 노력했고, 독자들은 답장을 받기 위해 편지에 우표를 넣어 보내곤 했다.

흉내 낼 수 없는 정교한 상상력

'오즈의 마법사' 시리즈 중 가장 유명한 제1권《오즈의 위대한 마법사》는 아이들을 위해 요약되고 변형된 책이 많다. 이 책들은 허수아비와 나무꾼과 사자가 각자 원하는 뇌, 심장, 용기를 그저 번갈아가며 말하는 지루한 책이 되고 말았다. 하지만 바움이 쓴 원작을 읽어 보면 그런 지루함은 찾아볼 수 없다. 낯선 오즈의 나라에 떨어진 도로시의 외로움, 집을 그리워하는 마음, 놀라운 오즈의 나라를 모험하는 즐거움과 새로 만난 친구들과의 우정 등의 다양한 감정을 진하게 느낄 수 있다.

도로시는 회오리바람에 집이 날아가서 오즈의 나라에 떨어진다. (픽사의 영화《업》에서도 이를 차용해 집에 풍선을 달고 날아간다.) 마녀가 살아 있는 그 세계에서 작고 여린 소녀 도로시는 새로운 친구들을 만나고 그들과 함께 모험을 하면서 지혜, 사랑, 용기는 자신 안에 있으며 경험을 통해 기를 수 있다는 것을 깨닫는다.

오즈의 나라는 정교한 상상력으로 만들어진 세계로 바다 한가운데에 있다. 아마 버뮤다 삼각지대에 있는 것이 아닐까 생각된다. 바닷가에 있는 여러 종족의 땅을 지나면 건널 수 없는 사막이 나오고, 그 사막 너머에 우리가 아는 오즈의 네 나라와 에메랄드 시가 나온다. 에메랄드 시에 사는 사람들은 녹색 안경을 써서 보이는 모든 것이 녹색이라고 생각하지만 실제로 에메랄드 시에 있는 것들은 녹색이 아니다.

몸이 부실한 사람들이 똑똑해지고 싶어 하는 것을 풍자한 허수아비는 세상에서 머리가 가장 가치 있는 것이라 믿고 나무꾼은 마음이 가장 가치 있는 것이라 믿는데 그것이 뇌와 심장으로 표현된다. 과연 어떤 것이 더 가치 있을까? 현명한 사람이 되는 것? 아니면 정이 많은 사람이 되는 것?

오즈의 마법사는 정체가 탄로 나고 말지만, '하루 더 마법사 노릇을 해도 되겠지.'라고 스스로 위안하면서 허수아비와 나무꾼과 사자에게 가짜 뇌와 심장과 용기가 샘솟는 물약을 준다. 바움이 육군사관학교 출신에 소설 쓰는 것을 체계적으로 배우지 않은 작가라서 그런지 책을 읽다 보면 허수아비가 따뜻한 마음씨를 가진 것 같고, 심장을 얻으면 먼치킨 소녀에게 돌아가겠다던 나무꾼은 처음 목표와는 달리 윙키의 왕이 되는 등 앞뒤가 안 맞는 내용이 가끔 나오기도 한다.

바움의 작가적 성향

'오즈의 마법사' 시리즈는 여성의 지위와 권리 향상에 관한

진보적인 의견을 담고 있다. 프랭크 바움의 장모 마틸다 게이지는 당대의 유명한 여성 참정권 운동가로, 프랭크 바움은 장모와의 대화를 즐겼고 장모에게 받은 영향이 작품에서도 나타나고 있다.

1권의 주인공인 도로시는 무척 현실적이고 용감한 소녀다. 집이 회오리바람에 실려 날아갈 때도 침대에서 잠을 잘 정도의 강심장에, 웬만한 일에는 놀라거나 당황하지 않는다. 서쪽 마녀에게 붙잡혔을 때 친구들(허수아비, 양철 나무꾼, 겁쟁이 사자)을 구해 낸 것은 다름 아닌 도로시였다는 것도 기억해야 한다.

작품 속 도로시와 친구들은 사회적 약자 중에서도 가장 약자다. 하지만 이렇게 허술한 이들이 서로의 부족한 부분을 채워 가고 자신의 결핍을 극복하면서 긴 모험을 함께한다. 그리고 그들은 모두 자신들이 원하는 것을 자신의 내부에서 발견한다.

1권에 이어진 오즈 시리즈에서는 아예 오즈의 통치자로 어린 소녀 '오즈마 공주'가 등장한다. 에메랄드 시의 정당한 후계자인 오즈마 공주는 도로시와 친구들과 모험을 함께하며 현명하고 지혜롭게 에메랄드 시를 다스려 나간다. 하지만 2권에서 에메랄드 시를 차지한 허영심 많고 게으른 소녀들과 진저 장군을 보면 사치스럽고 자신의 아름다움을 이용하는 여성상을 비꼬고 있기도 하다.

열네 권의 오즈 이야기 중에서 소녀가 주인공인 책이 열 권이다. 그들은 다른 주인공처럼 상냥하고 품행이 바르지만, 그것보다 더 특별한 자질을 갖고 있다. 그것은 용기와 진취적 정신, 모험을 사랑하는 작가의 성향이 담겨 있다고 볼 수 있다.

《오즈의 위대한 마법사》의 다양한 해석과 평가

1964년에 헨리 리틀필드(Henry Littlefield)라는 교수가 《오즈의 위대한 마법사》에 19세기 후반 미국에서 발생한 금본위제와 은본위제를 둘러싼 정치 투쟁을 은유적으로 표현한 경제적 암시가 있다는 논문을 발표하였다. 《오즈의 위대한 마법사》가 나온 1900년은 마크 트웨인이 〈도금 시대(The Gilded Age)〉라고 불렀던 시대의 끝물이었다. 이 시대에는 고삐 풀린 자본주의가 모든 사람을 탐욕의 화신으로 만들었고, 미국이 바로 그 무대였다.

《오즈의 위대한 마법사》를 보면, 바로 이런 시대를 꼬집는 상징으로 가득하다. 예를 들자면, 허수아비는 급속한 산업화로 그 입지가 좁아진 농민을, 양철 나무꾼은 노동자를 상징한다. 겁쟁이 사자는 미국-스페인 전쟁, 미국-필리핀 전쟁에 반대한 평화주의자 혹은 백인과는 다른 모습의 아프리카, 아시아계 이민자들을 뜻한다. 동쪽 마녀는 은행이고, 난쟁이들은 농민과 공장 노동자들이며 북쪽 마녀는 인민당을 뜻한다는 것이다.

오즈를 지배하는 '오즈의 마법사'는 기득권을 가진 이들의 편에 선 당대의 대통령들을 빗댄 것이었다. '도금 시대'의 미국을 상징하는 에메랄드 성은 어떤가? 온통 초록색으로 신비로워 보이지만 안경을 벗으면 적나라한 실상이 드러나는 게 자본주의의 허상을 상징하는 것 같다. 게다가 도로시가 동쪽 나라 마녀와 서쪽 나라 마녀를 없애고 고통받던 사람들을 해방시켜 주는 것은 사회주의 혁명을 연상시킨다. 바움은 평범한 미국인을 상징하는 도로시가 허수아비, 양철 나무꾼, 사자와 '더불어 함께' 온갖 역경을 이겨내며 이 허상을 깨는 과정을 그렸다. 당대 미국인의 미덕으로 여겨졌던 '경쟁' 대신에 '연대'를 강조한 것은 꽤 이단적이었다. 실제로 바움은 사회주의적인 유토피아를 동경하였고, 윌리엄 제닝스 브라이언, 시어도어 루스벨트 같은 진보적 정치인을 지지했다.

한때 《오즈의 위대한 마법사》는 여성 해방, 노동 해방, 농민 해방을 역설한 '빨간책' 취급을 받았다. 이런 해석들은 매카시 열풍으로 '빨갱이 색출'에 열을 올리던 1950년대 미국에서 등장한 것들이다. 저자인 프랭크 바움이 이런 것들을 인식하면서 썼다기보다는, 1950년대의 시대적 환경이 순수한 동화마저 색안경을 쓰고 보게 만들었다고 할 수 있다. 이런저런 이유로 한때 미국 공공도서관에서 《오즈의 위대한 마법사》가 금서 목록에 올랐다고 한다.

누구나 꿈꾸는 오즈

오즈라는 이름의 유래에 대해서는 여러 가지 설이 있는데, 그 중 가장 그럴듯한 것 하나만 소개한다. 저자인 프랭크 바움은 자신의 아이들에게 회오리바람에 날려 이상한 나라로 가게 된 도로시의 이야기를 해 주고 있었다. 그때 한 아이가 그 나라의 이름이 무엇이냐고 물었다. 방에 있던 서류 서랍장에 눈이간 바움은 첫 번째 칸 'A-F', 두 번째 칸 'G-N', 세 번째 칸 'O-Z'. 중에서 세 번째 칸을 보았다. 이걸 보고 '오즈'라는 이름을 생각해 냈다고 한다.

환상의 나라 오즈는 어디에 있을까? 3권에서 도로시는 배를 타고 오스트레일리아로 가던 도중 표류해서 오즈의 나라에 도착한다. 이 사실에 근거해 오즈가 '버뮤다 삼각지대에 있다.', '사하라 사막 안에 있다.', '남태평양의 섬이다.', '잃어버린 대륙 아틀란티스다.', '평행 우주에 존재하는 다른 행성이다.' 등 의견이 분분하다. 어쩌면 사하라 사막 속에 정말로 있을지도 모르는 세계, 생텍쥐페리도 비행하다가 오즈의 나라로 사라져서 그곳에서 죽지 않고 계속 살고 있는지도 모른다.

풍요롭고 아름다운 오즈의 나라를 두고 도로시는 회색의 황량한 캔자스로 돌아가고 싶어 한다. 그곳에는 고아인 자신을 자식처럼 아끼는 헨리 아저씨와 엠 아줌마가 있기 때문이다.

누구나 훌쩍 날아가서 쉬다 올 아름답고 신비로운 나라 오즈가 있었으면 좋겠다고 생각할 것이다. 하지만 풍요로운 그곳이 좋긴 해도 지금 이곳에 가족이 있기에 도로시처럼 구질구질한 현실로 어떻게든 돌아오고 싶어지리라. 누구에게나 가족과 고향만큼 따뜻하고 소중한 것은 없으니까.

손인혜

작가 연보

1856년 5월 15일 미국 뉴욕 치튼앵고에서 7남매 중 막내로 태어났다.

1856~1882년 배럴 제조업자였던 아버지 아래에서 부유하게 지내다 아버지의 사망으로 급격히 가세가 기울었다. 병약하고 수줍은 소년이었던 그는 피크스킬 사관학교를 중퇴하고, 글을 쓰기 전까지 잡지 편집자, 신문 기자, 배우, 외판원, 연극 극단주, 편집장 등 여러 직업을 전전했다.

1882년 모드 게이지와 결혼하여 슬하에 3남 1녀를 두었다.

1886년 양육법이 담긴《함부르크》를 집필하였다.

1888년 애버딘으로 이주해 상점을 열었으나 외상을 많이 주다 파산했다.

1898년 운영하던 신문사가 이윤을 거의 내지 못하고, 빚이 기하급수적으로 늘어 정든 사우스다코타를 도망치듯 떠나 시카고로 이사한다. 시카고에서 삽화가 윌리엄 월리스 덴슬로우를 처음 만나《캔들라브라의 시선으로》라는 시집을 냈다.

1899년 가을에 그의 책,《아빠 거위》를 출간해서 상업적인 성공을 거두었다.《아빠 거위》는 서점에 진열된 지 몇 주 만에 모두 매진되고 그 해의 어린이 책 분야 베스트셀러가 될 정도로 인기를 끌었다. 이를 계기로 전업 작가로서의 삶을 시작했다.

1900년 42세에 집필을 시작한《오즈의 위대한 마법사》를 출간했다. 이 작품의 성공에 힘입어 바움은 아이들을 위한 장편 시리즈를 기획하였다. 이 작품은 출간 즉시 선풍적인 인기를 끌며 그 해의 베스트셀러가 되었고 〈뉴욕타임스〉를 비롯한 수많은 매체에서 좋은 평을 받았다.

1901년 뮤지컬 〈오즈의 마법사〉가 제작되었다. 이때 로열티 문제로 삽화가 덴슬로우와 절교한다.

1903년 1월 뮤지컬 〈오즈의 마법사〉가 브로드웨이에 진출했다. 많은 돈을 벌어 호수가 보이는 시카고의 부촌으로 이사했다.

1904년 《오즈의 위대한 마법사》 후속작 《환상의 나라 오즈》를 펴낸다.

1909년 캘리포니아로 이주했다.

1911년 뮤지컬 순회공연, 영화 제작 등 계속된 영역 확장으로 결국 파산신청을 하였다.

1918년 '오즈의 마법사' 시리즈 마지막 열네 번째 책인 《오즈의 착한 마녀 글린다》를 완성했다. 출간하는 것을 지켜보지는 못했다. 그는 이 책을 쓰는 동안 병이 매우 깊어졌고, 이것이 자신의 마지막 책이 될 것을 느꼈다. 우연으로 사건이 해결되는 전작과 달리 마지막 권은 각자의 캐릭터에 맞는 역할, 마녀와 마법사들의 힘의 종류와 한계를 명확하게 정해 놓는 등 구성 면에서 많은 차이를 보였다.

1919년 5월 6일 캘리포니아 할리우드에서 60세를 일기로 세상을 떠났다.

1939년 MGM 영화사에서 《오즈의 위대한 마법사》를 영화로 제작하였다. 현실 세계는 흑백으로, 마법 세계는 컬러로 촬영했으며 회오리바람에 날아가는 집, 녹아 없어지는 마녀, 불덩이, 날아다니는 원숭이 등을 최첨단 특수 효과로 표현했다. 주연인 주디 갈런드(Judy Garland)가 부른 〈오버 더 레인보우(Over the Rainbow)〉는 지금까지도 많은 사람들이 좋아하는 명곡이다.

옮긴이 손인혜

경희대학교와 동 대학원을 졸업했으며 번역가로 활동하고 있다. 옮긴 책으로《슬리피 할로우의 전설》《피터 래빗 이야기(1~17권)》《환상의 나라 오즈》등이 있다.

그린이 윌리엄 윌리스 덴슬로우(W. W. Denslow)

1856년 미국 필라델피아에서 태어나 뉴욕 국립 디자인학교에서 그림을 공부했다. 1890년대부터 다양한 잡지 및 신문에 삽화를 그리며 명성을 쌓았는데, 그중《오즈의 위대한 마법사》의 삽화가 가장 유명하다.《오즈의 위대한 마법사》외에도 어린이들을 위해 수많은 어린이 동화에 그림을 그렸다.

큰글씨 오즈의 마법사 1 : 오즈의 위대한 마법사

초판 1쇄 펴낸 날 2019년 7월 29일

지은이 라이먼 프랭크 바움
그린이 윌리엄 윌리스 덴슬로우
옮긴이 손인혜
펴낸이 장영재
펴낸곳 (주)미르북컴퍼니
자회사 더클래식
전 화 02)3141-4421
팩 스 02)3141-4428
등 록 2012년 3월 16일(제313-2012-81호)
주 소 서울시 마포구 성미산로32길 12, 2층 (우 03983)
E-mail sanhonjinju@naver.com
카 페 cafe.naver.com/mirbookcompany

(주)미르북컴퍼니는 독자 여러분의 의견에 항상 귀 기울이고 있습니다.

파본은 책을 구입하신 서점에서 교환해 드립니다.
책값은 뒤표지에 있습니다.